Lea Völp

Theo Schwartz
lebt als Autor, Redakteur und Übersetzer mit seiner Familie in der Nähe von München. Nach seinem Studium arbeitete er bei verschiedenen Kinder- und Jugendbuchverlagen und betreut seit einigen Jahren im Egmont Franz Schneider Verlag mehrere Buchserien, darunter „Bibi Blocksberg“ und „Bibi und Tina“.

Theo Schwartz

Bibi Blocksberg™

Kleine Hexe, großer Star

Schneider Buch
EGMONT

Bibliografische Information Der Deutschen Bibliothek
Die Deutsche Bibliothek verzeichnet diese Publikation in der Deutschen Nationalbibliografie; detaillierte bibliografische Daten sind im Internet über http://dnb.ddb.de abrufbar.

Vertrieb durch Egmont vgs verlagsgesellschaft mbH, Köln
Titelbild: KIDDINX Studios GmbH, Berlin
Illustrationen: Corporacion Tavena 2000 S.L., Barcelona
Druck und Bindung: Ebner & Spiegel, Ulm
ISBN 3-505-12304-8
ab 01.01.2007:
ISBN 978-3-505-12304-7

06 07 / 8 7 6 5 4 3 2 1

Dieser Sammelband enthält die ungekürzten Einzelbände
Bibi Blocksberg – Hexen gibt es doch (Band 1, 1997)
Bibi Blocksberg – Der Hexengeburtstag (Band 2, 1997)
Bibi Blocksberg – Der Wetterfrosch (Band 3, 1997)

Mit Witz und einer gehörigen Portion Hexenverstand meistert die pfiffige Junghexe Bibi Blocksberg auch die schwierigste Situation.

Bibis Eltern, Barbara und Bernhard Blocksberg, sind stolz auf ihre Tochter und stehen ihr jederzeit mit Rat und Tat zur Seite.

Bibi Blocksberg™

Hexen gibt es doch

Nach Elfie Donnelly und Gerhard Hahn

Die große und die kleine Hexe

„Bibi! Bibiiii! Wo steckst du denn schon wieder?“

Barbara Blocksberg war leicht genervt. Schon dreimal hatte sie ihrer Tochter gesagt, sie sollte das Kaffeegeschirr vom Wohnzimmertisch abräumen und in die Küche tragen. Aber Frau Blocksberg kannte ihr Hexentöchterchen nur zu gut. Wahrscheinlich saß Bibi wieder mal vor dem Hexbuch ihrer Mutter. Hier konnte sie nachlesen, welche Zaubersprüche es gab, die alle erwachsenen Hexen auswendig kennen mussten.

„Bi-bi Blocks-berg! Ich rufe dich jetzt zum letzten Mal!“

Auweh! Bibi zuckte zusammen. Wenn ihre Mutter sie so ansprach, dann war nicht mit ihr zu spaßen. Schnell klappte sie den dicken Wälzer zusammen, in dem sie gerade geschmökert hatte und stellte ihn zurück an seinen Platz neben den anderen Büchern. Dann griff sie nach dem Tablett mit dem Geschirr und balancierte es vorsichtig zur Küche. Dummerweise stolperte sie dabei über ihren Hexenbesen Kartoffelbrei, der im Weg lag.

„Das hast du jetzt davon!“, hätte Mutter Barbara in dem Moment wohl gesagt. „Nie räumst du deine Sachen auf!“

Als Bibi stolperte, kam die gute Kaffeekanne aus Porzellan ins Rutschen und fiel zu Boden. KLIRR! Bibi lauschte in Richtung Küche. Hatte die Mutter etwas mitbekommen? Nein, zum Glück nicht. Dann schnell gehext! Sie griff noch einmal in das Bücherregal, holte Mamis Hexbuch heraus und schlug es auf.

„Eene meene Autopanne, komm in die Küche, Kaffeekanne! Hex-hex!“, murmelte Bibi und schaute die Scherben beschwörend an. Doch nichts passierte.

„So was Dummes aber auch!“, schimpfte sie. „Wahrscheinlich habe ich in der Eile den falschen Spruch erwischt.“

Also probierte sie schnell einen neuen Spruch aus.

„Eene meene Hackebeil, Kaffeekanne, sei wieder heil! Hex-hex!“

Bewegten sich da nicht die Scherben, wollten sie sich nicht wieder zu einer Kanne zusammenfügen? Nein, nichts rührte sich. Es war wieder der falsche Hexspruch! Bibi wurde schon richtig nervös.

„Bibiii!“, ertönte es erneut streng aus der Küche. „Was machst du denn? Es hat doch gerade so gescheppert. Hast du was angestellt?“

Bevor Bibi antworten konnte, stand ihre Mutter bereits in der Tür. Als sie sah, was passiert war, machte sie ein verärgertes Gesicht.

„Bibi! Du sollst doch nicht heimlich

an mein Hexbuch gehen. Und wie oft schon habe ich dir gesagt, in der Wohnung wird nicht gehext!“

Bibi zog den Kopf ein. Auf frischer Tat ertappt, das war jetzt aber dumm!

„Ich ..., ich ...“, stammelte sie, „ich wollte bloß ein bisschen üben!“

„Hexen üben kannst du draußen!“, kam es zur Antwort. „Du weißt genau, gehext wird nicht in der Schule und niemals, um andere Menschen zu erschrecken. Am besten, nur im äußersten Notfall!“

„Aber das ist doch jetzt gerade ein Notfall“, wollte sich Bibi verteidigen.

„Unsinn! Das da ist Schusseligkeit!“, wies ihre Mutter sie zurecht. „Nimm dich doch ein bisschen zusammen, Kind!“

„Okay, Mami! Ich werde es versuchen“, meinte Bibi kleinlaut. Dann fiel ihr plötzlich etwas ein.

„Scherben bringen aber doch Glück, Mami! Bestimmt erleben wir heute noch eine tolle Überraschung!“

„Schön wär's!“ Barbara Blocksberg bekam einen verträumten Gesichtsausdruck. „Vielleicht gewinnt Papi ja im Lotto.“

„Au ja!“, rief Bibi begeistert. „Dann kaufen wir uns ein eigenes Haus!“

„Ja, ein eigenes Haus wäre natürlich toll ... draußen im Grünen. Vor allem, wenn man so einen Wirbelwind wie dich zur Tochter hat. Du weißt ja, ständig beschwert sich jemand aus der Nachbarschaft, weil du mit der wilden Fliegerei auf deinem Hexenbesen die

Leute erschreckst. Du kennst doch die Mieter hier in dem Hochhaus, die wollen ihre Ruhe haben. Vor allem der Herr Müller von nebenan. Der war ganz schön sauer, als du neulich seine Fensterscheibe zerdeppert hast!"

„Das ist leider bei dem Looping passiert, Mami", erklärte Bibi. „Ich beherrsche eben meinen Kartoffelbrei noch nicht so richtig. Aber wie wär's, wenn du mir ein bisschen Nachhilfe geben würdest?", fügte sie spitzbübisch hinzu.

„Nach dem Essen vielleicht, wenn du bis dahin nichts Neues angestellt hast", sagte Frau Blocksberg. „Aber jetzt kehr die Scherben zusammen und bring das restliche Geschirr in die Küche, ich muss mich um das Essen kümmern. Papi hat vorhin angerufen, er macht heute im Büro pünktlich Mittagspause."

„Was gibt's denn Gutes, Mami?", fragte Bibi neugierig. „Schnitzel mit Kartoffelbrei? Aprikosenklöße?"

„Das wird nicht verraten. Es soll eine Überraschung sein."

Bibis Mutter ging zurück in die Küche. Mit einem Hexspruch befahl Bibi den beiden Hexenbesen, die im Flur neben der Garderobe standen, für sie die Arbeit zu erledigen. Sie taten, was Bibi verlangte und SCHWUPP! waren die Scherben fein säuberlich aufgekehrt.

Bibi wird übermütig

Nachdem diese Arbeit nun erledigt war, blieb Bibi bis zum Mittagessen noch ein bisschen Zeit. Sie nützte deshalb die Gelegenheit, um auf Kartoffelbrei ein paar Startübungen auf dem Balkon zu machen.

„Eene meene Dauerwelle, Kartoffelbrei, flieg auf der Stelle! Hex-hex!"

He! Das war super! Kartoffelbrei buckelte wie ein übermütiges Fohlen und schüttelte seine Besitzerin tüchtig durch. Da bekam Bibi Lust auf mehr, auf einen richtigen Probeflug durch die Siedlung.

„Eene meene großer Mist, zeig, wie schnell du wirklich bist! Hex-hex!"

Wie eine Rakete schoss der Hexenbesen los, stieg in die Höhe und kurvte über die flachen Dächer der Hochhäuser hinweg. Bibi traute sich sogar, einen Looping zu machen und freihändig zu fliegen. Doch dabei verlor sie die Kontrolle über Kartoffelbrei und schrammte mit ihm über den Balkon von Nachbar Müller hinweg.

Doch oje! Auf dem Balkon waren rohe Eier in Kartons gestapelt. Bibi konnte nicht mehr ausweichen, Kartoffelbrei stieß den Stapel um und die Eier kullerten über den Boden und zerbrachen. Au weia! Wenn das Herr Müller sah! Erst die Fensterscheibe und jetzt noch die Eier.

Bibi bremste mit einem Hexspruch schnell ab und befahl Kartoffelbrei eine Notlandung auf dem Balkon: *„Eene meene Mopp, stopp! Hex-hex!"*

Tja, da stand sie nun mit ihrem Hexenbesen und überlegte fieberhaft, wie der Heilhexspruch lautete, mit dem man zerbrochene Eier wieder ganz machen konnte. Mamis Hexbuch hatte sie natürlich nicht dabei, aber sie konnte sich ja selbst ein paar tolle Hexsprüche ausdenken. Vielleicht funktionierte ja einer von ihnen. Wer weiß?

„Eene meene Pferdeschwanz, Eierbruch ist wieder ganz! Hex-hex!"

Doch nichts passierte. Bibi legte den Finger an die Nase und überlegte. Was reimte sich auf „Eier"? Genau: „Feier"!

„Eene meene Weihnachtsfeier, nicht mehr kaputt sind diese Eier! Hex-hex!"

Wieder nichts. Bibi war ganz unglücklich. Sie starrte die Eierpampe auf dem Balkon an, da hörte sie plötzlich aus der offenen Balkontür fröhliches Kichern und Kieksen. Sie spähte vorsichtig in die Wohnung hinein.

Herr Müller war nicht zu Hause. Seine Enkelkinder, ein munteres Zwillingspärchen von ungefähr einem Jahr, waren ganz allein daheim.
Sie standen in ihrem Laufstall und amüsierten sich prächtig. Sie hatten nämlich mitbekommen, was gerade draußen auf dem Balkon passiert war.

„Das hat euch wohl gefallen, was ich da gerade gemacht habe?", fragte Bibi und war schon wieder quietschfidel. Sie blinzelte den Zwillingen zu und lächelte verschmitzt.

„Passt auf, die Tante Bibi gibt euch jetzt eine kleine Sondervorstellung“, sagte sie: *„Eene meene rumgehüpft, aus jedem Ei ein Küken schlüpft! Hex-hex!“*

Hurra! Es klappte! Aus jedem der gelben Eidotter wurde plötzlich ein kleines, gelbes Küken. Aufgeregt piepsend rannten die Küken hin und her.

„Na, sind die nicht putzig?“, fragte Bibi vergnügt. „So schön flauschig und knuddelig! Viel besser als so ein paar langweilige Hühnereierchen, nicht wahr?“

Die Zwillinge nickten begeistert. Nur ihr Opa, der Herr Müller, war

völlig anderer Meinung. Er stand plötzlich unverhofft im Zimmer.

„Du schon wieder, du kleiner Satansbraten!“, rief er wütend und bekam einen roten Kopf, als er Bibi sah. „Na, warte, du Hexengör! Wenn ich dich erwische, dann kannst du was erleben!“

Doch so lange wollte Bibi lieber nicht warten. Sie sah zu, dass sie wegkam und befahl ihrem Besen einen Blitzstart: *„Eene meene Trauerkloß, Kartoffelbrei, flieg ganz schnell los! Hex-hex!“*

Und weg war sie! Mal sehen, vielleicht konnte sie noch jemand anderem in der Nachbarschaft einen Besuch abstatten. Sie kurvte ein wenig herum. Viel war heute nicht los. Da entdeckte sie die dicke Frau Fröhlich, die gerade ihre Balkonblumen umtopfte. Genau, Frau Fröhlich könnte sie besuchen.

„Hallihallo, Frau Fröhlich!“, rief Bibi vergnügt und zischte knapp an Frau Fröhlichs Nase vorbei. Die gute Frau erschreckte sich mächtig und ließ beinahe den Blumentopf und die kleine Schaufel fallen, die sie gerade in den Händen hielt. Doch dann winkte sie der kleinen Hexe kurz zu und beschäftigte sich wieder mit ihren Blumen.

Bibi flog weiter.

In der Wohnung nebenan schaute Frau Zapplig, eine mürrische, ältere Dame mit Hütchen, gerade nach dem Wetter. Um den Hals hatte sie ein großes Fernglas hängen, damit suchte sie ständig die Siedlung ab. Fast immer entdeckte sie etwas, über das sie sich aufregen oder beim Hausmeister beschweren konnte.

Meistens waren es Kinder, die auf dem Rasen Fußball spielten oder Fahrradrennen veranstalteten. Aber auch die Erwachsenen bespitzelte sie und notierte sich, wenn jemand die Mittagsruhe nicht einhielt. Über alles, was nur ein kleines bisschen gegen die strenge Hausordnung verstieß, regte sich Frau Zapplig furchtbar auf. Kein Wunder, dass sie nicht sehr beliebt war. Kein Wunder auch, dass die Familie Blocksberg so schnell wie möglich aus der Hochhaussiedlung ausziehen wollte.

„Hallo, Frau Zapplig!“ Bibi winkte ihr vergnügt zu. Vielleicht konnte sie ja die miesepetrige, alte Dame ein wenig aufheitern. „Schönes Wetter heute, nicht wahr?“

Aber Frau Zapplig erwiderte Bibis freundlichen Gruß nicht. Ganz im Gegenteil. Sie schaute noch grimmiger drein als sonst und drohte ihr wütend mit der Faust.

„Ha! Du schon wieder, du kleine Hexe! Aber warte nur, ich rufe bei der Zeitung an und beschwere mich über dich! Dann machst du hier nicht mehr die Gegend unsicher!“

„Tun Sie das, Frau Zapplig!“, rief Bibi über die Schulter zurück. „Tun Sie das ruhig! Aber die werden Ihnen leider kein Wort glauben, die bei der

Zeitung. Es gibt nämlich gar keine Hexen! Wussten Sie das denn nicht, Frau Zapplig? Auf Wiedersehn!“

Und weg war sie auf ihrem Kartoffelbrei!

Aber wie heißt es so schön? Ein Unglück kommt selten allein. Erst die zerbrochene Kaffeekanne und dann ...

Bibi war nämlich so übermütig geworden, dass sie Kartoffelbrei den schnellsten Gang befohlen hatte. Das war sehr riskant, denn sie konnte ihn bei großem Tempo nur sehr schwer lenken. Beinahe wäre sie gegen ein Baugerüst geprallt, das an einem der Hochhäuser stand. Im letzten Moment lenkte sie ihren Besen zur Seite und wich dem Gerüst aus. Dem Farbeimer, der auf der Erde stand, konnte sie leider nicht mehr ausweichen und so tauchte Kartoffelbrei beim Vorbeifliegen seine dicken Borsten in die leuchtend rote Farbe.

Ganz in der Nähe auf einer Wiese hängte Frau Schulze gerade ihre frisch gewaschene, blütenweiße Bettwäsche auf. Bibi kam im Tiefflug vorbeigesaust und WUSCH! auf einmal hatten Frau Schulzes Bettlaken dicke, rote Streifen.

Jetzt bekam es Bibi doch ein wenig mit der Angst zu tun. Frau Schulze war nett und freundlich und mochte Bibi, aber nach der bekleckerten Wäsche würde sie sich bestimmt bei ihrer Mutter beschweren. Besser, sie brachte das gleich wieder in Ordnung.

Sie hielt Kartoffelbrei in der Luft an.

„Bitte vielmals um Entschuldigung! Nicht schimpfen, Frau Schulze! Ich mache den Schaden gleich wieder gut!“, rief sie hinunter. Dann überlegte sie laut.

„Wie heißt jetzt schnell der Wäschesaubermachspruch? Ach ja: *Eene meene Zauberkreis, rote Wäsche wird wieder weiß! Hex-hex!*“

Ehe es sich Frau Schulze versah, leuchtete ihre Bettwäsche wieder porentief weiß, als wäre nichts gewesen, und flatterte lustig im Wind. Jetzt sah Bibi aber zu, dass sie weiterkam.

„Na, das war dein Glück, mein Fräulein!“, rief ihr Frau Schulze halb lachend, halb verärgert hinterher. „Aber verschone mich bitte für den

Rest des Tages mit deinen Kunststückchen. Man ist ja hier unten seines Lebens nicht mehr sicher!“

Bibi hörte die letzten Worte von Frau Schulze schon gar nicht mehr. Sie steuerte Kartoffelbrei schnurstracks auf die Haustür ihres Wohnblocks zu.

Sie hatte nämlich gerade ihren Vater entdeckt.

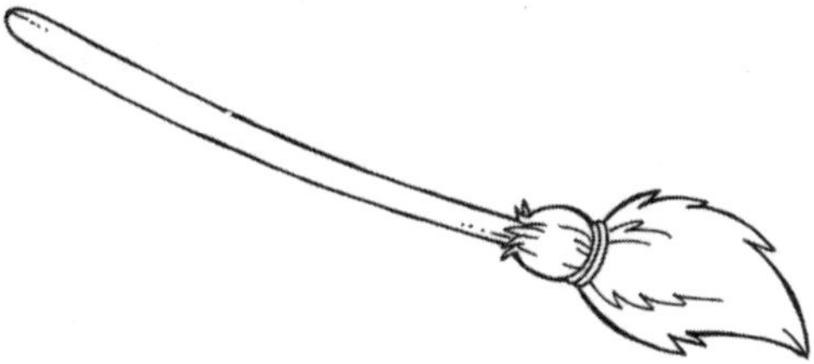

Eine tolle Nachricht

Herr Blocksberg freute sich natürlich riesig, dass ihm seine Tochter entgegenkam und ihn mit einem dicken Schmatz begrüßte. Trotzdem hatte er gleich etwas auszusetzen.

„Sag mal, Bibi, weiß Mami eigentlich, dass du hier in der Siedlung auf Kartoffelbrei herumkurvst?“

„Nö!“ Bibi schüttelte übermütig den Kopf, dass der blonde Pferdeschwanz hin und her flog. „Weiß sie nicht. Mami muss ja auch nicht alles wissen, oder? Wir können doch mal ein kleines Geheimnis haben.“

„Na schön!“ Herr Blocksberg schmunzelte. Er war der gleichen Ansicht. „Dann behalten wir es besser für uns.“

„Prima, Papi!“, freute sich Bibi. „Zur Belohnung nehme ich dich auf Kartoffelbrei mit. Komm, steig auf, wir fliegen nach oben.“

„Nein, nein, Bibi!“, wehrte Bernhard Blocksberg ab. „Danke für das großzügige Angebot, aber das kommt für mich nicht in Frage! Du weißt, ich kann diese Fliegerei nun mal nicht leiden. Dabei wird mir immer so schlecht. Ich nehme lieber den Aufzug, da habe ich wenigstens festen Boden unter den Füßen.“

Doch an der Tür zum Aufzug hing ein Schild: KAPUTT. Also beschloss er, die Treppen zu nehmen. Vorher ging er aber noch an den Briefkasten der Blocksbergs, um zu sehen, ob Post gekommen war. Ein Haufen Reklame fiel ihm entgegen, als er ihn öffnete. Aber es war auch ein sehr amtlich aussehender Brief dabei, der sofort seine Aufmerksamkeit fesselte. Er studierte den Absender auf der Rückseite.

„Oho! Ein Brief von meinem Anwalt. Nanu, was will der denn?“

Bernhard Blocksberg riss eilig den Umschlag auf und überflog den Brief. Erst runzelte er nachdenklich die Stirn, dann begann er plötzlich zu strahlen und schwenkte vergnügt das Blatt in der Luft.

„Bibi! Stell dir vor, ich habe geerbt!

Tante Maria Blocksberg hat uns ein Grundstück in Gersthof geschenkt. So richtig mit Schenkungsurkunde und allen Schikanen. Komm, Bibi, zur Feier des Tages fliegen wir jetzt doch gemeinsam auf deinem Besen! Aber bitte nicht zu wild. Denk an den empfindlichen Magen von deinem armen Papi!“

Na, das ließ sich die kleine Hexe doch nicht zweimal sagen. Sie wartete, bis Vater Bernhard hinter ihr auf dem Besenstiel saß, und gab dann das Kommando: *„Eene meene mei, flieg los, Kartoffelbrei! Hex-hex!“*

Und ab ging die wilde Jagd! In engen Kreisen sauste der Hexenbesen mit seinen beiden Passagieren im Treppenhaus nach oben. Geschickt legte sich

KAPUTT

Bibi in die Kurven und stieß kein einziges Mal gegen das Geländer.

Als sie dann das Stockwerk unter Blocksbergs erreichten, hätten die beiden beinahe die rasende Reporterin Karla Kolumna von der *Neustädter Zeitung* über den Haufen gefahren, äh, geflogen!

Karla Kolumna stand vor Frau Zappligs Wohnungstür und ließ sich von der empörten Dame erzählen, was die Familie Blocksberg in diesem einstmals ach so ruhigen Haus alles anstellte. Dabei schrieb Frau Kolumna fleißig mit und sparte auch nicht mit anfeuernden Kommentaren.

„Sen-sa-tio-nell! Ich sage Ihnen, das gibt eine tolle Schlagzeile in der morgigen Ausgabe: HEXEN IM

NEUSTÄDTER HOCHHAUS! Leibhaftige Hexen! Bei uns! Man stelle sich nur so etwas vor!"

„Und dann ... und dann ...", Frau Zapplig war richtig gierig darauf, ihren Klatsch und Tratsch loszuwerden. Sie hatte tatsächlich ihre Drohung wahr gemacht und bei der Zeitung angerufen! Jetzt nützte sie die Gelegenheit natürlich weidlich aus. Vielleicht kam ja noch ein Bild von ihr in die Zeitung. Am Ende gar mit Unterschrift: RÜSTIGE RENTNERIN LEGT NEUSTÄDTER HEXEN DAS HANDWERK!

„Und dann dieser Schwefelgestank überall im Treppenhaus", fuhr sie fort. „Da kann man hinterher noch so sehr lüften und putzen, der Gestank bleibt überall hängen. Seit diese Blocksbergs bei uns im Haus wohnen, stinkt es im wahrsten Sinne des Wortes zum Himmel!“

„... zum Himmel!“, wiederholte Karla Kolumna. Ihr Stift flog nur so über das Papier. Dann blickte sie auf, zog die Nase kraus und schnüffelte.

„Ich kann aber nichts riechen“, stellte sie fest.

„Nein? Na, dann gehen Sie mal einen Stock höher und halten Sie die Nase an das Schlüsselloch“, schlug Frau Zapplig vor und verzog angewidert das Gesicht. „Da fallen Sie um! Vor allem, um die Mittagszeit, wenn hier überall im Haus gekocht wird. Ich weiß gar nicht, was die Leute da oben sich so alles zusammenpanschen. Das riecht nicht, das stinkt! Wie kann man nur so was essen?“

Karla Kolumna wäre gern die Treppe hinaufgegangen, um sich persönlich von dem Gestank zu überzeugen. Als Reporterin musste sie ja allen Tatsachen nachforschen. Doch plötzlich wurde sie von lauten Rufen und einem merkwürdigen, hohen Ton abgelenkt, der im Treppenhaus ertönte.

Ehe es sich die rasende Reporterin versah, waren Bibi und Bernhard Blocksberg auf Kartoffelbrei an ihr vorbeigesaust. Für Frau Kolumna gab es keinen Zweifel: Hier konnte es sich nur um eine Hexe auf ihrem Hexenbesen handeln, die einen Passagier hinter sich hatte!

„Halt! Anhalten!“, rief sie und

stürmte hinter den beiden her. „Ich brauche unbedingt ein Exklusiv-Interview!“

Frau Zapplig wollte aber noch etwas loswerden und rief Frau Kolumna nach: „Der einzig Normale in dieser verrückten Familie ist der Vater! Das dürfen Sie auch schreiben und sagen, es wäre von mir!“

Von Frau Zappligs Gezeter, von Kartoffelbreis Fluggeräuschen und von Bibis fröhlichen Juhuhh-Rufen waren andere Hausbewohner aufgeschreckt worden. Sie kamen neugierig aus ihren Wohnungen und begannen, laut zu schimpfen.

„Natürlich wieder diese Blocksbergs! Eine Unverschämtheit! Das hier ist ein ruhiges Haus, merken Sie sich das!“

„Genau! Und wenn der Fahrstuhl mal nicht geht, dann benutzen Sie gefälligst die Treppe wie alle anderen! Das gilt auch für Hexen!“

„Sehr richtig! Sehr richtig! Hier ist doch kein Flugplatz!“

„Wohl noch nie was von Hausordnung gehört, was?“

Am schlimmsten von allen führte sich Herr Müller, der Flurnachbar der Familie Blocksberg, auf. Er drohte sogar damit, dass er die Polizei rufen würde.

„Jawoll! Die Polizei!“, pflichteten ihm die anderen Mieter bei. „Hexen haben in einem ordentlichen Hochhaus nichts zu suchen!“

„Sehr richtig!“

„Gut gesagt!“

Doch Bibi Blocksberg tat so, als würde sie das Geschrei gar nichts angehen. Sie nahm schwungvoll die letzte Kurve und brachte ihren Hexenbesen genau vor der elterlichen Wohnungstür zum Stehen. Herr Blocksberg verlor dabei das Gleichgewicht und landete unsanft auf dem Hosenboden.

„Ich weiß schon, warum ich nicht auf diesem schrecklichen Besen fliegen will!“, jammerte er und verzog das Gesicht. BLITZ! Da hatte ihn auch schon Karla Kolumna fotografiert. BLITZ! Jetzt war auch Bibi auf dem Film.

„Wunderbar! Sensationell!“, freute sich die Reporterin. „Das gibt ein phänomenales Foto für die Titelseite.

Unterschrift: HEXENBRUCH-LANDUNG IM 13. STOCK!“

Dann fiel ihr plötzlich ein, dass sie sich noch gar nicht vorgestellt hatte.

„Gestatten: Karla Kolumna von der *Neustädter Zeitung*! Ständig auf der Suche nach Sensationen! Ich bin sozusagen das Ohr am Puls der Zeit“, sagte sie und lachte auf. „Aha-haha!“

Dann lächelte sie Bibi freundlich an.

„Jetzt brauche ich bloß noch ein Interview von deiner Mutter“, sagte sie und fügte verschwörerisch hinzu: „Sie soll auch eine Hexe sein, habe ich gehört. Stimmt das?“

Unterdessen hatte sich Bernhard Blocksberg wieder vom Boden aufgerappelt. Er stöhnte leise.

„Es tut mir sehr leid für Sie, Frau

Kolumna, aber daraus wird nichts!", sagte er dann mit fester Stimme. „Meine Frau gibt keine Interviews. Wir drei Blocksbergs sind eine ganz normale Familie und wollen unsere Ruhe haben."

„Schon gut! Schon gut!", meinte Frau Kolumna und packte ihren Fotoapparat weg. Sie wusste, dass hier nichts mehr zu machen war.

„Trotzdem, Ihr Bild und das Ihrer Tochter wird morgen auf der Titelseite erscheinen. Wiedersehen! Tschü-hüss!"

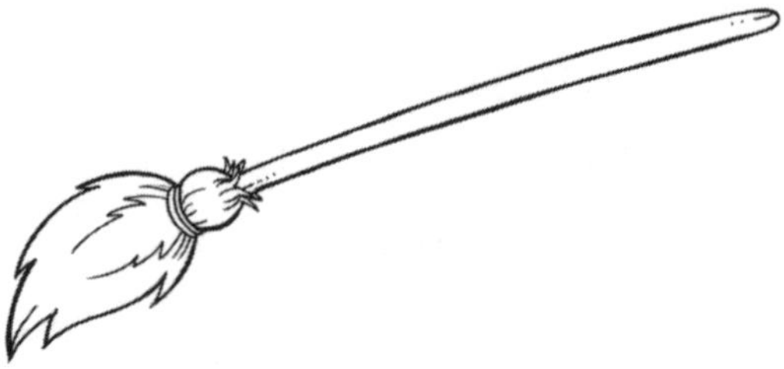

Guten Appetit!

Als die Familie Blocksberg zum Mittagessen um den Wohnzimmertisch versammelt war, saß allen der Schreck über den Krach mit den Nachbarn noch gehörig in den Knochen.

„Ach, wenn wir doch ein eigenes Häuschen im Grünen hätten!“, seufzte Bibi betrübt. „Nur ein ganz kleines, klitzekleines!“

„Du hast ja Recht, Kind“, pflichtete ihr Barbara Blocksberg bei. „Aber wie sollen wir zu einem Haus kommen? Uns fehlt das nötige Kleingeld. Wir werden wohl noch einige Jahre hier in diesem Hochhaus wohnen müssen."

Da zog Herr Blocksberg den Brief von seinem Anwalt aus der Tasche. Die einleitenden Sätze murmelte er halblaut vor sich hin, den Schluss dann und das Wichtigste las er laut: „*Damit sind Sie im Besitz eines Grundstückes in Gersthof. Es ist frei von jeder Grundschuld und sonstigen Belastungen. Mit vorzüglicher Hochachtung, Dr. Häberle, Rechtsanwalt und Notar.*"

„Na, ihr Lieben! Was sagt ihr jetzt? Wir haben ein eigenes Stück Land!"

Bernhard Blocksberg lachte und schaute stolz in die Runde.

„Super! Toll! Das ist ja der reine Wahnsinn!" Bibi war ganz verrückt vor Freude. „Mami! Papi! Können wir nicht gleich hinaus nach Gersthof ziehen? Bloß raus hier aus der Hochhaussiedlung?“

„Ach, Bibilein! Auf dem Grundstück steht doch kein Haus“, erklärte ihre Mutter. „Und es kommt ziemlich teuer, ein Haus für uns drei zu bauen. Dein Papi hat zwar einen Bausparvertrag, aber der wird nicht reichen. Doch jetzt, ihr Lieben“, sie wechselte das Thema und hob den Deckel von einer Schüssel, die auf dem Tisch stand, „jetzt lasst uns essen, bevor es kalt wird.“

Als aus der Schüssel grünliche Schwaden stiegen, verzogen Bibi und Bernhard Blocksberg angewidert das Gesicht.

„Igitt!“, entfuhr es Herrn Blocksberg.

„Boaaa!“ stieß Bibi hervor. „Das riecht ja widerlich!“

Vater Blocksberg drückte es nicht ganz so schlimm aus, er war ein wenig höflicher:

„Ahöm, Barbara, ich muss sagen, das … das da in der Schüsssel, das … nun ja … riecht schon sehr außergewöhnlich!“

Weder Bibi noch ihr Vater dachten daran, nach der Suppenkelle zu greifen und sich etwas auf den Teller zu tun. Im Gegenteil: Herr Blocksberg versuchte einen Trick, den er schon einige Male mit Erfolg bei seiner Frau ausprobiert hatte, wenn er sich vor etwas drücken wollte.

„Äh, da fällt mir gerade ein, Liebes, ich muss ganz schnell zurück ins Büro!

Wir haben in zehn Minuten eine wichtige Sitzung, die habe ich völlig verschwitzt. Bis später dann!“

Er wollte sich hastig davonstehlen, aber der verärgerte Ton in der Stimme seiner Frau hielt ihn zurück.

„Oh, nein! So nicht! So haben wir nicht gewettet!“, schimpfte sie und stützte ihre Hände in die Hüften. „Drei Stunden habe ich in der Küche gestanden, um euch beiden etwas Leckeres zu kochen. Dieses köstliche Schwefelragout ist nach einem alten Rezept meiner Großmutter. Und deshalb wird jetzt gegessen!“

„Ich weiß etwas Besseres: Gib mir doch lieber das Rezept von deiner Oma, Barbara-Mäuschen!“ Herr Blocksberg lächelte verschmitzt.

„Dann esse ich das jetzt gleich auf. Es schmeckt bestimmt immer noch besser als dieses köstliche Schwefelragout nach Großmutterart!"

„Ha-ha! Sehr witzig!" Seine Frau lächelte säuerlich. „Was ist mit dir, Bibi?"

Bibi gab keine Antwort, sondern wankte mit angeekeltem Gesicht zum Balkon und jammerte: „Oooh! Ich glaube, mir wird gleich schlecht!"

Da platzte Frau Blocksberg der Kragen.

„Jetzt reicht es mir! Nie wieder koche ich euch so etwas Leckeres zum Mittagessen! Ihr könnt euch in Zukunft ein Brot schmieren!"

„Na gut, Barbara", lenkte Herr Blocksberg ein, als er merkte, dass seine Frau ernsthaft böse war, „wenn du unbedingt darauf bestehst, dann kann ich ja mal einen kleinen Löffel davon kosten."

Zum Glück musste er es nicht, denn sein Hexentöchterchen hatte inzwischen etwas viel Besseres für sie organisiert. Gerade, als sie auf dem Balkon stand, umschmeichelte ein würziger Bratenduft ihre Nase. Er kam aus der Nachbarwohnung von Herrn Müller.

Der gute Mann hatte sich an diesem Tag einen leckeren Schweinebraten zubereitet. Den hatte er gerade aus dem Ofen genommen, auf den Tisch gestellt und wollte gerade tüchtig zugreifen.

Aber genau in dem Augenblick hatte

gleich nebenan auf dem Balkon die kleine Hexe aus Neustadt einen Hexspruch gesagt: „*Eene meene Kullerbauch, Herrn Müllers Esssen will ich auch! Hex-hex!*“

Plötzlich schaute Herr Müller verblüfft auf den Tisch, wo nur noch ein paar einsame Klöße in der Schüssel dampften. Der Braten war weg. Stattdessen befand er sich jetzt auf dem Esstisch der Familie Blocksberg.

Bibi nicht faul, nahm sofort Platz, griff zu Messer und Gabel und machte sich voller Heißhunger darüber her. Natürlich vergaß sie auch nicht, ihrem Vater davon anzubieten. Aber der kam leider nicht mehr dazu, sich ein großes Stück knusprigen Braten auf den Teller zu legen.

„Bibi! Wo hast du das her?“, rief Barbara Blocksberg empört.

„Von Müllers“, antwortete Bibi wahrheitsgemäß. „Los, Papi! Lass es dir schmecken! Es ist genug da.“

„Bibi! Jetzt reicht es mir aber!“

Die Stimme ihrer Mutter klang ausgesprochen wütend.

„Sofort hext du das wieder dorthin zurück, wo du es hergeholt hast. Du solltest dich schämen! Eine Hexe stiehlt nicht!“

„Du hast ja Recht, Mami“, gab Bibi kleinlaut nach und sagte: *„Eene meene einerlei, flieg zurück, du Schweinerei! Hex-hex!“*

Herr Müller staunte nicht schlecht, als plötzlich der Braten wieder da war. Die kleinen Zwillinge seines

Sohnes, die neben ihm in ihren Hochstühlen saßen, quietschten vergnügt auf. Sie dachten, ihr Opa könnte zaubern.

Aber Herr Müller ahnte natürlich sofort, wer dahinter steckte und schimpfte gewaltig auf die Blocksbergs.

Das Hexenhaus

Bei den Blocksbergs stand immer noch das Schwefelragout auf dem Tisch. Bibi und ihr Vater wollten einfach nicht davon probieren. Da ging Barbara Blocksberg mit gutem Beispiel voran, tauchte ihren Löffel in die grüne Brühe und führte ihn zum Mund.

„Aaaah!"

Sie verdrehte genießerisch die Augen.

„Hm, lecker! Genauso, wie es Oma immer gemacht hat. Kinderchen, hat sie zu uns gesagt, Schwefel ist sehr gesund und schmeckt!"

Als sie jedoch den ersten Löffel voll genommen hatte, wurde sie plötzlich puterrot im Gesicht und hustete. Dann schaute sie ihre Lieben verlegen an und wurde ganz kleinlaut.

„Nun, äh, ich glaube, ich habe das gute Ragout ein wenig versalzen", meinte sie. „So was aber auch! Ich weiß gar nicht, wie das passieren konnte!"

In diesem Moment klingelte es an der Wohnungstür. Frau Blocksberg war froh über die willkommene Unterbrechung und ging schnell öffnen. Draußen stand ein junger Polizist und legte grüßend die rechte Hand an den Schirm seiner Mütze.

„Einen schönen guten Tag, Frau Blocksberg!", sagte er höflich.

„Guten Tag, Herr Wachtmeister“, erwiderte Barbara Blocksberg den Gruß und lächelte freundlich zurück.

„Was kann ich für Sie tun? Hat mein Mann etwa falsch geparkt? Aber das werden Sie mir ja gleich erzählen. Kommen Sie doch erst einmal herein!“

„Sehr freundlich, danke sehr, Frau Blocksberg.“

Der junge Mann nahm die Mütze ab und trat ein. Er wurde ein wenig rot, als Bibis Mutter seine schicke Uniform lobte. Und er wurde noch roter, als Bibi aus dem Wohnzimmer kam und ihn mit den Worten begrüßte: „Ui! Sie haben ja auch Sommersprossen wie ich! Das sieht aber lustig aus!“

Schließlich trat auch Herr Blocksberg hinzu.

„Guten Tag, Herr Wachtmeister. Was ist denn hier los, wenn man fragen darf?“

„Nun, Herr Blocksberg, wir haben eine Anzeige bekommen“, antwortete der junge Polizist. „Jemand hat sich über Sie beschwert. Genauer gesagt, über Ihre Frau Gattin und das Fräulein Tochter. Es heißt, die beiden wären Hexen, würden auf Besen herumfliegen und so. Verrückt, nicht wahr?“, fügte er kopfschüttelnd hinzu.

Mutter und Tochter blickten einander kurz an, dann lachten beide wie auf Kommando laut los. Herr Blocksberg verzog schockiert die Mundwinkel und ging wieder ins Wohnzimmer zurück. Das ging ihn nichts an, das war Hexensache.

„Na, dann erklärt mal dem Wachtmeister alles schön!“, rief er noch. „Aber dass ihr mir nichts vergesst, hört ihr? Erzählt auch von dem guten Essen, das es im Haus Blocksberg gibt. Vielleicht lädst du ja den Herrn Polizisten mal zu Spinnenragout und Schwefelsuppe ein.“

„Hören Sie nicht auf ihn!“ Frau Blocksberg winkte ab. „Passen Sie auf, das ist ganz einfach: Kartoffelbrei ist noch ein wenig wild und ungestüm und meine Tochter Bibi kann noch nicht richtig hexen. So was kommt in der besten Familie vor. Sie ist ja auch noch recht jung, nicht wahr?“

Der Polizist griff sich an die Stirn.

„Sagten Sie Kartoffelbrei? Noch nicht richtig hexen? Frau Blocksberg!“

Seine Stimme nahm einen amtlichen Ton an und er klappte die Hacken zusammen. „Könnte es sein, dass Sie sich über mich lustig machen?“

Barbara Blocksberg beteuerte schnell das Gegenteil und Bibi machte sich eilig daran, die Sache aufzuklären. Sie nahm die zwei Hexenbesen, die in ihrer Ecke standen und stellte sie dem verdutzten Polizisten vor.

„Der hier, das ist mein Hexenbesen Kartoffelbrei und der andere, der schon etwas älter aussieht, das ist Mamis Hexenbesen Baldrian. Auf beiden kann man fliegen. Passen Sie auf, Herr Wachtmeister, ich führe es Ihnen einmal vor.“

Bibi nahm auf dem Stiel von Kartoffelbrei Platz und rief: *„Eene* *meene, weiches Moos, Kartoffelbrei, flieg los! Hex-hex!"*

Im Nu erhob sich Kartoffelbrei und vollführte in dem engen Flur waghalsige Kunststückchen. Schon beim bloßen Hinsehen wurde dem Polizisten schwindelig. Zum Glück stoppte Frau Blocksberg die Vorführung.

„Eene meene Hampelmann, Kartoffelbrei, du hältst jetzt an! Hex-hex!"

Sofort stoppte der Hexenbesen seinen Flug und Bibi landete unsanft mit ihm auf dem Boden. Der arme Polizist war jetzt total durcheinander. Bloß weg von hier, dachte er sich.

„Ja, dann bedanke ich mich für die freundliche Auskunft. Es war nett bei Ihnen", sagte er hastig und griff sich im Gehen an die Stirn. Er war ganz wirr im Kopf. „Fröhliche Weihnachten auch noch! Oder so ähnlich."

„Ist Ihnen nicht gut?", fragte Frau Blocksberg mitfühlend. „Es wird wohl das Beste sein, wenn ich Sie auf meinem Hexenbesen nach Hause bringe."

Der Polizist traute sich nicht, das Angebot abzulehnen und willigte seufzend ein. Bibi wollte natürlich auch mitfliegen.

„Aber nur, wenn du versprichst, dicht bei mir zu bleiben und keinen Unsinn machst!", ermahnte ihre Mutter sie.

Bibi versprach es und Frau Blocksberg bat den Herrn Wachtmeister, hinter ihr auf Baldrian Platz zu nehmen. Bibi setzte sich auf Kartoffelbrei und mit einem Hexspruch für beide Besen zugleich ging es los.

So kam der junge Polizist zu seinem ersten und sicherlich auch letzten Flug auf einem Hexenbesen. Er verlor schnell seine Angst und fand es ganz toll, wie Frau Blocksberg mit ihm in luftiger Höhe durch die Siedlung kurvte.

Als Herr Müller die drei fliegen sah, glaubte er natürlich gleich, dass der blonde Herr Wachtmeister von den Hexen entführt worden war und regte sich fürchterlich auf.

„Ja, ist denn das die Möglichkeit!“, wetterte er. „Legt denn niemand diesem Hexenvolk das Handwerk?“

Doch bevor Barbara Blocksberg

ihren Fluggast schließlich in seiner Wohnung absetzte, flog sie noch schnell an Karla Kolumnas Büro bei der *Neustädter Zeitung* vorbei. Die rasende Reporterin tippte gerade ihren Sensationsbericht über die Hexen im Hochhaus in ihre Schreibmaschine. Dabei las sie laut mit, was sie gerade schrieb.

„Die Mieter des Hochhauses haben sogar die Polizei eingeschaltet. In einer gepflegten Wohnanlage muss ja alles seine Ordnung haben. Punkt."

Als sie kurz aufblickte, sah sie Barbara Blocksberg und den Polizisten an ihrem Fenster vorbeisausen und fröhlich winken. Sie winkte zurück.

Dann schrieb sie eifrig weiter: „Wie wir jedoch soeben aus erster Hand

erfahren haben, ist unsere begabte Polizei bereits in die Luft gegangen, um dieses Problem zu lösen."

Ohne ihren Fluggast verließen die beiden Hexen anschließend die Stadt und nahmen Kurs auf die Vororte. Es war herrlich, so frei wie der Wind über der Erde zu fliegen. Stolz zeigte Bibi ihrer Mami, wie gut sie schon ihren geliebten Kartoffelbrei beherrschte. Sie zog enge Kurven, machte Loopings, Steilflüge und Sturzflüge, flog freihändig vor- und rückwärts, erschreckte zum Spaß die Vögel und stieß mit Schwung durch die dicken Wolken.

Auch Mutter Barbara genoss den Flug auf ihrem Baldrian und gemeinsam schmetterten die beiden ein fröhliches Hexenlied.

Hoch ins Himmelsblau
fliegen durch das Wolkenmeer wir
zwei.
Rumgewirbelt, gradeaus,
hier oben fühlen wir uns frei, so frei!

Die nächste Strophe sang Bibi allein:

Rund und rund und rundherum
dreh ich mich im Wind.
Zische in die Wolke dort
und Mami sucht ihr Hexenkind!

Jetzt erklang es zweistimmig:

Über Felder, durch den Wald,
Hexenbesenfliegen ist nicht schwer.
Baldrian, Kartoffelbrei, ja,
die sausen mit uns kreuz und quer!

Nun war Barbara Blocksberg mit einem Solo dran:

Schaue, lerne, übe viel,
find das rechte Maß.
Wenn dir jeder Spruch gelingt,
macht das Hexen richtig Spaß!

Zum Schluss sangen Mutter und Tochter wieder gemeinsam:

Hier im Wolkenmeer, wir zwei,
fühlen uns so vogelfrei.
Uns're Hexenwelt ist schön!

Als sie später dann gemütlich über den Wiesen und Feldern am Rand von Gersthof dahinflogen, zeigte Barbara Blocksberg plötzlich nach unten.

„Sieh mal, Bibi! Die Wiese neben dem Feldweg, das ist das Grundstück, wo später einmal unser neues Zuhause sein wird!“, rief sie ihrer Tochter zu.

„Ui, toll!“ Bibi war begeistert. „Komm, Mami, da sehen wir uns mal ein bisschen um.“

Die beiden Hexen legten eine sanfte Landung hin und stiegen von ihren Besen ab. Dann stapften sie durch das Gras, atmeten die frische, würzige Luft ein und gerieten ins Schwärmen. Alles war grün, Blumen blühten, Bienen summten und in den Bäumen zwitscherten die Vögel.

„Bibi-Schätzchen, hier lässt es sich wirklich aushalten!“, stellte Frau Blocksberg fest. „Keine Hochhäuser ringsum, kein kaputter Fahrstuhl, keine stinkenden Autos und vor allem natürlich ...“

„Keine meckernden Nachbarn!“, ergänzte Bibi lachend.

„Genau! Ja, Bibi, es ist wirklich traumhaft hier“, meinte ihre Mutter. „Leider wird es noch ein paar Jährchen dauern, bis wir hier draußen unser eigenes Haus haben.“

„Aber Mami! Wozu sind wir denn Hexen?“, wandte Bibi ein. „Wir hexen uns einfach eins. Ich weiß schon genau, wie mein Zimmer aussehen wird. Willst du es mal sehen? Pass auf: *Eene meene Hexenhaus, so sieht Bibis Zimmer aus! Hex-hex!*“

Auf der grünen Wiese stand plötzlich ein hübscher, runder Pavillon mit zartvioletten Vorhängen an den Fenstern.

Bibi war ganz närrisch vor Freude. Ein richtiges Jungmädchenhäuschen! Das hatten ihre Freundinnen nicht!

„Das sieht ja toll aus, Bibi!“, lobte ihre Mutter. „Pass auf, jetzt bin ich dran. Ich zeige dir, was ich mir wünsche: *Eene meene Apfelkern, ein Hexlabor, das hätt ich gern! Hex-hex!*“

Im Nu stand neben Bibis Zimmer ein supermodernes Hexlabor mit einer runden Kuppel als Dach und viel Glas, sehr viel Glas. Im Inneren befand sich neben einigen hexischen Laborgeräten ein großer, runder Schreibtisch mit einem gemütlichen Sessel davor.

Mutter und Tochter waren total begeistert. Was fehlte jetzt noch? Genau, Vater Blocksberg sollte ein gemütliches Arbeitszimmer bekommen!

„Eene meene Lichtgeflimmer …“, begann Bibi, doch sie wusste nicht weiter. Da vollendete ihre Mutter den Spruch: *„… dorthin Papis Arbeitszimmer! Hex-hex!“*

Sie hielten beide die Arme weit von sich gestreckt und zeigten auf die zwei schon vorhandenen Hexenzimmer. Augenblicklich schoss zwischen ihnen ein schräger Pfeiler hoch, auf dem ein viereckiger Glasbau ruhte. Hier in luftiger Höhe würde Papi bestimmt ungestört arbeiten und seine geliebte Zeitung lesen können.

Nachdem nun jeder seinen eigenen Raum besaß, fehlte nur noch das Drumherum – das Haus.

„Eene meene, Saus und Braus, wir hexen unser Hexenhaus! Hex-hex!“

Das Haus, das jetzt auf der Wiese stand, war eine Meisterleistung der Hexkunst. Es verbreiterte sich nach oben und hatte überall putzige Türmchen und Erker. Es sah ein bisschen krumm und schief, aber doch sehr stabil aus. Ein richtig peppig-modernes Hexenhaus eben!

„Wahnsinn, Mami!“, rief Bibi. „Das ist das tollste Haus, das es gibt. So eins hab' ich mir schon immer gewünscht! Weißt du was? Wir holen jetzt Papi und dann ziehen wir gleich heute noch ein.“

Barbara Blocksberg stimmte zuerst begeistert zu, doch dann fiel ihr plötzlich etwas ein.

„Ooooch! So was Dummes aber auch!“, meinte sie bedauernd. „Fast hätte ich es vergessen, Schätzchen. Es kann ja gar nicht funktionieren. Wir haben nämlich die Hexregel Nummer drei vergessen, gegen die man niemals verstoßen darf. Die Regel Nummer drei kennst du doch, oder?“

„Oh ja, Mami.“ Bibi nickte. „Die kenne ich sehr gut: *Hext du dir was zum Nutzen, wird's der Wirklichkeit nicht trutzen. Sieben Tage steht's nur ohne Plage!*“

„Genau, Bibi. Sieben Tage steht es und dann – BUFF! Es löst sich einfach in Luft auf. Also bereiten wir dem Spektakel ein Ende.“

Barbara Blocksberg machte eine kurze Handbewegung und schon befand sich vor ihnen wieder eine leere, grüne Wiese.

„Ich habe eine Idee, Mami!“ Bibi gab so schnell nicht auf: „Wir hexen es in sieben Tagen noch mal und dann noch mal und noch mal ...“

„Nein, Kind, das ist nicht zulässig“, wehrte ihre Mutter ab. „Wenn wir das tun, dann bekommen wir großen Ärger mit der Hexengewerkschaft. Ich fürchte, wir werden noch eine ganze Weile mit unseren Nachbarn auskommen müssen!“

Feuer im Hochhaus!

Als sie auf den beiden Hexenbesen ihren Balkon ansteuerten, war der brummige Herr Müller gerade beim Lesen seiner Zeitung. Er blickte ärgerlich auf, als er draußen vor dem Fenster ein lautes Sausen hörte. Und was musste er sehen? Nicht nur das Hexengör von nebenan trieb sich in der Luft herum. Nein! Jetzt machten schon Mutter und Tochter gemeinsam die Gegend unsicher. Das war doch die Höhe!

Vor Empörung haute er mit der Faust auf den Tisch, sodass seine

Zigarre aus dem Aschenbecher hüpfte. Schimpfend stand er auf und lief zur Wohnungstür. Na, denen würde er jetzt was erzählen!

Draußen im Treppenhaus hatten sich bereits einige Hausbewohner vor Blocksbergs Wohnung versammelt und protestierten lautstark gegen die ungeliebten Mieter im obersten Stock.

„Raus mit den Blocksbergs! Raus mit den Blocksbergs!"

„Hexen müssen weg! Hexen müssen weg!"

„Raus mit den Blocksbergs! Rauuus! Buhhhh!"

Kurz darauf wurde die Wohnungstür von innen geöffnet und Bibi und ihre Mutter starrten völlig verblüfft auf die lärmenden Nachbarn. Doch die hörten gar nicht auf mit ihrem wilden Geschrei. Bibi versuchte, sich durch den Krach bemerkbar zu machen, aber sie wurde übertönt. Da griff sie zu einer kleinen Hexenlist.

„Eene meene Kullerreifen, ihr sollt wie die Vögel pfeifen! Hex-hex!"

Augenblicklich erstarb der Krach im Treppenhaus. Die aufgebrachten Hausbewohner spitzten die Lippen, kniffen die Augen zu, bewegten ihre Arme wie Flügel und zwitscherten fröhlich wie die Vögel.

Bibi musste so lachen, dass sie fast keine Luft mehr bekam. Sie hätte stundenlang diesem Vogelkonzert lauschen können, aber ihre Mutter fand das gar nicht so komisch.

„Bibi! Was soll das? Lass den

Unsinn!“, ermahnte sie ihre Tochter und nahm sofort den Hexspruch zurück: *„Eene meene Eigentor, Nachbarn reden wie zuvor! Hex-hex!“*

Augenblicklich schimpften die Leute im Treppenhaus wieder durcheinander. Bibi floh zurück in die elterliche Wohnung. In diesem Moment tönte durch die offene Balkontür das Heulen von Sirenen und das Quietschen von Autoreifen.

Neugierig beugte sie sich über das Balkongeländer. Unten auf dem großen, freien Platz vor den Hochhäusern waren einige Feuerwehrfahrzeuge vorgefahren. Feuerwehrmänner kurbelten eilig Leitern nach oben und ein dicker Feuerwehrhauptmann gab die Kommandos.

„Rollt die Schläuche aus! Hoch mit der Leiter! Schließt die Schläuche an! Beeilt euch! Schnell! Schnell!“

Bibi machte große Augen. Wo brannte es denn? Sie schaute nach links, sie schaute nach rechts und da sah sie auch schon das Unglück. Aus der Wohnung von Herrn Müller quollen dicke, graue Rauchwolken! Bibi rannte zurück ins Treppenhaus.

„Herr Müller! Herr Müller!“, rief sie aufgeregt. „In Ihrer Wohnung brennt es!“

Herr Müller wurde kreidebleich.

„Oh, Gott! Meine Zigarre!“, stieß er hervor. „Ich habe sie unbeaufsichtigt im Aschenbecher liegen gelassen! Und in der Wohnung sind meine Enkelkinder, die Zwillinge! Sie sind in ihrem

Laufstall auf dem Balkon. Ich muss sofort zu ihnen!“

Herr Müller wollte zurück in seine Wohnung eilen, aber in dem Augenblick kamen zwei Feuerwehrmänner die Treppe heraufgerannt. Sie packten Herrn Müller an den Armen und hielten ihn fest.

„Halt! Stopp! Nicht weitergehen! Zurück!“, riefen sie. „Alle verlassen sofort das Haus! Wir versuchen, mit Handfeuerlöschern in die Wohnung einzudringen! Los, Leute, bewegt euch!“

Alle Mieter liefen, so schnell es ging, die Treppen hinunter ins Freie, auch Herr Müller. Er hatte eingesehen, dass hier nur erfahrene Feuerwehrmänner etwas ausrichten konnten. Doch dummerweise waren die beiden Handfeuerlöschgeräte nicht in Ordnung und hörten nach ein paar Minuten auf zu löschen. Was nun?

Aber Frau Blocksberg schaltete blitzschnell. Sie fasste ihre Tochter am Arm und zog sie in ihre Wohnung zurück.

„Pass auf, Bibi“, sagte sie. „Nimm Kartoffelbrei und tu genau, was ich dir sage. Mir nach! Halte dich gut fest!“

Mutter und Tochter setzten sich auf ihre Besen, riefen einen Hexspruch und sausten in Windeseile durch die offene Balkontür ins Freie. Gleich darauf waren sie vor Herrn Müllers Balkon, wo die Zwillinge in ihrem Laufstall saßen und vor Angst jämmerlich weinten. Unten vor dem Hochhaus hielten die Feuerwehrmänner und die schaulustigen Leute den Atem an und sahen gespannt zu, was sich da oben in luftiger Höhe tat.

Frau Blocksberg näherte sich auf Baldrian ganz, ganz langsam dem Balkongeländer. Dann ließ sie den Besenstiel los und griff nach einem der Kinder, die ihr angstvoll die Ärmchen entgegenstreckten. Sie nahm ganz vorsichtig das erste Kind und reichte es Bibi, die es vor sich auf Kartoffelbrei setzte. Dann kam der zweite Zwilling an die Reihe, den nahm Frau Blocksberg zu sich auf Baldrian.

„Keine Angst, ihr zwei!“ Bibi sprach beruhigend auf die Kleinen ein. „Gleich seid ihr in Sicherheit. Mami und ich schenken euch jetzt einen ganz tollen Flug. Haltet euch gut fest!“

Die Zwillinge waren zwar noch sehr klein, aber sie schienen zu verstehen. Sie klammerten sich an Bibi und ihrer Mutter fest und – Hei! ging es los. Die große und die kleine Hexe drehten noch eine kleine Runde und flogen dann langsam hinunter auf den Platz.

Dort wurden sie mit großem Hallo, mit lauten Bravo-Rufen und Applaus empfangen. Herr Müller drückte seine Enkelkinder an sich und lächelte glücklich.

„Vielen Dank! Vielen Dank!", stammelte er immer wieder. „Ich weiß gar nicht, wie ich Ihnen danken soll! Vielen Dank!"

Nun, die beiden Kinder waren jetzt in Sicherheit, aber was war mit dem Brand im Hochhaus? Die Feuerwehrmänner legten sich zwar tüchtig ins Zeug, sie spritzten und spritzten, aber sie konnten die Flammen einfach nicht unter Kontrolle kriegen.

„Da oben!“, rief plötzlich der dicke Feuerwehrhauptmann seinen Leuten zu. „Das Feuer hat auf die Nachbarwohnung übergegriffen! Wir brauchen mehr Wasser! Mehr Schläuche! Los, Leute! Bewegt euch!“

Mutter und Tochter Blocksberg blickten sich erschrocken an. Die Nachbarwohnung? Das war doch ihre Wohnung! Sollten sie abwarten und hoffen, dass es der Feuerwehr gelingen würde, die Flammen zu löschen, bevor ihre ganze Wohnung ausbrannte? Nein, das konnten sie nicht!

„Komm, Bibi!“, sagte Frau Blocksberg energisch. „Wir müssen noch einmal ran! Siehst du die großen, grauen Regenwolken dort hinten?“

Bibi nickte.

„Zu denen fliegen wir jetzt ganz schnell und schieben sie über das Haus.“

Gesagt, getan. Beide bestiegen wieder ihre Besen, legten einen Blitzstart hin und flogen hinauf in die Luft. Freihändig auf Baldrian und Kartoffelbrei sitzend schoben und drückten Bibi und Barbara Blocksberg die Wolken vor sich her.

Die Regenwolken waren prall und schwer und ließen sich nur mit sehr viel Mühe von der Stelle bewegen. Doch endlich hatten sie es geschafft: Die Wolken standen genau über dem

Hochhaus, in dessen oberstem Stockwerk zwei Wohnungen brannten.

„Darf ich hexen, Mami?“, bat Bibi. „Die Nachbarn sollen sehen, dass ich was Tolles leisten kann.“

„Natürlich darfst du hexen, Bibi. Aber beeil dich bitte!“

„Okay, Mami! *Eene meene Wolkenmaus, lösche schnell das Feuer aus! Hex-hex!*“

Im gleichen Moment öffneten sich auch schon die Wolken, als hätte jemand einen unsichtbaren Reißverschluss aufgezogen und der Regen prasselte nur so hernieder, genau auf das Haus.

Kurz darauf war das Feuer gelöscht und konnte nicht mehr auf die anderen Wohnungen übergreifen.

„Hipp, hipp, hurraaa! Hipp, hipp, hurraaa!“

„Bravo, Blocksbergs! Bravo, Blocksbergs!“

Die Hausbewohner, die noch vor knapp einer Viertelstunde im Treppenhaus gegen Hexen im Hochhaus demonstriert hatten, hatten auf einmal ihre Meinung geändert. Sie waren völlig aus dem Häuschen vor Freude.

„Unsere Nachbarn, die freundlichen Blocksbergs, sie leben hoch!“

„Hoch! Hoch! Hoch!“

„Ein dreifach Hipp! Hipp! Hurra!“

Herr Blocksberg war sehr stolz auf seine beiden Hexen und auch die Presse war bereits zur Stelle. Karla Kolumna knipste sich fast die Finger wund. Sie fotografierte Bibi, ihre Mutter, Herrn Müller mit den Zwillingen und den dicken Feuerwehrhauptmann.

Schließlich rückte die Feuerwehr wieder ab und die neugierigen Zuschauer gingen nach Hause. Die drei Blocksbergs stiegen zu ihrer Wohnung hinauf und waren gespannt, was sie vorfinden würden.

Ja, wie sah die Wohnung aus! Einige Möbelstücke waren angekohlt, alles war von einer grauen Rußschicht überzogen und das Löschwasser hatte die Polstermöbel total durchnässt.

„Oh, nein!" Bibi verzog weinerlich das Gesicht. „Wie das hier aussieht! Das ist ja furchtbar!"

„Wirklich furchtbar!", stimmte ihr Vater zu. „Kinder, das wird ja Wochen

dauern, bis unsere schöne Wohnung wieder in Ordnung ist.“

„Kein Problem, Papi,“ meinte Bibi tapfer. „Wozu bist du denn mit einer tüchtigen und begabten Hexe verheiratet? Mami hext für uns alles wieder heil. Nicht wahr, Mami?“

„Ach, Schätzchen, so einfach geht das nun auch wieder nicht!“ Barbara Blocksberg schüttelte bedauernd den Kopf. „Du weißt doch, Hexsprüche zum eigenen Nutzen halten nicht lange an. Nein, ich kann hier gar nichts machen. Wir werden wohl oder übel für einige Wochen bei hilfsbereiten Nachbarn wohnen müssen, bis die Versicherung den Schaden bezahlt hat.“

„Niemals!“, rief Bibi empört. „Soll

ich vielleicht bei der ollen Zapplig auf dem Wohnzimmersofa schlafen? Das kommt überhaupt nicht in Frage!“

Ja, aber was dann? Ihre Eltern blickten sich ratlos an und zuckten verlegen mit den Schultern.

„Ein Hotel ist auf Dauer zu teuer“, überlegte Frau Blocksberg laut. „Einen Wohnwagen haben wir nicht und zu Tante Amanda ...“

„... können wir nicht, weil ich hier in Neustadt meine Arbeit habe!“, vollendete Herr Blocksberg den Satz. „Tja, wir werden uns wohl auf verschiedene Nachbarwohnungen verteilen müssen.“

„Nein, müssen wir nicht!“, rief Bibi fröhlich. „Ich habe ein Superidee! Wir könnten doch auf unserem Grundstück in Gersthof ein Zelt aufbauen! Machen wir das, Papi? Machen wir das, Mami? Bitte! Ich möchte so gern zelten!"

„Tja, warum eigentlich nicht?" Mutter Blocksberg schmunzelte. „Was hältst du von der Idee, Bernhard?"

„Also, ich weiß nicht so recht ..."

Bernhard Blocksberg druckste noch ein bisschen herum, aber da wurde er auch schon stürmisch von Frau und Tochter umarmt.

„Das heißt, ja! Das heißt, ja!"

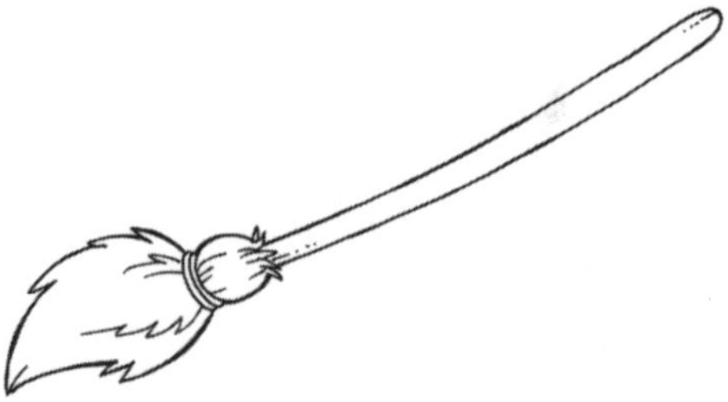

Das Traumhaus

Auf dem Grundstück, das Tante Maria den Blocksbergs geschenkt hatte, war ein geräumiges Steilwandzelt mit einem breiten Vordach aufgestellt worden. Es sah aus, als würde die Familie hier draußen ihren Urlaub verbringen. Bernhard Blocksberg hatte es sich in einem Liegestuhl bequem gemacht und blinzelte in die Sonne.

„Ach, ist das ein herrliches Leben!"

Er seufzte zufrieden und ließ seinen Blick in die Runde schweifen.

„Ich kann mir schon richtig gut vorstellen, wie es hier eines Tages aussehen wird, wenn zwischen den Bäumen unser Haus steht."

„Kann ich mir dann ein Baumhaus bauen?", fragte Bibi. Sie lag bäuchlings im Gras und sah den vielen winzigen Krabbeltieren zu, die zwischen den Halmen herumkrochen.

„Ein Baumhaus wollte ich schon immer haben. Ich stelle mir das ganz super vor! Da kann ich dann ja auch mal drin übernachten und ..."

„Von mir aus", unterbrach ihre Mutter sie lachend. Sie saß auf einem Campinghocker und blätterte in der neuesten Ausgabe der *Neustädter Zeitung*. Plötzlich hob sie lauschend den Kopf. War da nicht von irgendwoher ein leises Motorengeräusch zu hören? Doch!

Jetzt hörten es auch Bibi und ihr Vater. Sie blickten gleichzeitig in die Richtung, aus der das Geräusch kam. Dann schließlich war auf der schmalen Straße durch die Wiesen und Bäume deutlich ein Auto zu sehen, das sich rasch näherte.

„Wer kann das denn sein?" Herr Blocksberg erhob sich aus seinem Liegestuhl. „Erwartet eine von den Damen Besuch? Ich nicht!"

„Das ist das Auto von Herrn Müller!", rief Bibi und sprang auf. „Herr Müller kommt uns mit den Zwillingen besuchen!"

„Na, da bin ich aber gespannt, was er will", murmelte Barbara Blocksberg und legte die Zeitung zur Seite.

Kurz darauf hielt der rote, offene

Sportwagen von Herrn Müller auf dem Grundstück der Blocksbergs. Auf dem Rücksitz saßen die Zwillinge und winkten fröhlich. Neben Herrn Müller saß ein jüngerer Mann mit einem Schnurrbart. Er stieg aus und machte vor den Blocksbergs eine leichte Verbeugung.

„Das ist mein Sohn", erklärte Herr Müller. „Er wollte unbedingt bei Ihnen vorbeikommen."

„Ja!" Müller junior strahlte Frau Blocksberg an. „Ich wollte mich bei Ihnen und Ihrer Tochter ganz, ganz herzlich für die Rettung meiner Zwillinge bedanken."

„Aber ich bitte Sie, Herr Müller, das war doch eine Selbstverständlichkeit!", wehrte Frau Blocksberg verlegen ab.

„Meine Frau und ich würden uns sehr gern erkenntlich zeigen und Ihnen eine Freude machen“, fuhr der junge Herr Müller fort. „Das ist das mindeste. Sie müssen mir nur sagen, was wir tun können.“

„Vielen Dank“, wehrte Herr Blocksberg ab, „aber das ist nun wirklich nicht nötig. Wir haben alles, was wir brauchen.“

„Das stimmt nicht!“, meldete sich Bibi plötzlich ganz kess zu Wort. „Wir haben nicht alles! Wir brauchen dringend ein Haus! Aber wir haben leider nicht genug Ge... Humpfff!“

Ihr Vater hatte ihr schnell den Mund zugehalten. Doch Bibi machte sich wieder frei und sprach ihren Satz zu Ende.

„Wir haben leider nicht genug Geld! Wir hätten hier draußen gern ein eigenes Haus, aber wir können uns keins bauen, weil wir nicht genug Geld haben."

„Aber Bibi!" Frau Blocksberg war der Auftritt ihrer Tochter peinlich. „Das interessiert Herrn Müller gar nicht."

„Vielleicht interessiert es mich doch", meinte der junge Herr Müller und lächelte verschmitzt. Die drei Blocksbergs schauten ihn fragend an.

„Ich bin nämlich Bauunternehmer und könnte Ihnen sehr günstig ein Haus bauen lassen. Zum Selbstkostenpreis. Es wäre mir eine Ehre, wenn ich das tun dürfte."

„Wow!" Bibi hüpfte auf der Stelle vor Freude. „Sag ja, Papi!"

„Nun, na ja …“ Herr Blocksberg zögerte noch. Da hängte sich Bibi an seinen Hals und gab ihm einen dicken Kuss. Schon war er überredet. Ihre Mutter nickte ihm beifällig zu.

„Also, wenn Sie wirklich wollen, Herr Müller …“

Bernhard Blocksberg streckte die rechte Hand aus. Herr Müller reichte ihm seine und sagte: „Natürlich will ich das. Die Planung kann von mir aus sofort beginnen.“

Die Blocksbergs waren völlig verblüfft und sahen wortlos zu, wie Müller junior wieder in das Auto stieg und sein Vater losfuhr. Dann war der Bann gebrochen und sie winkten eifrig dem Auto hinterher.

„Auf Wiedersehen!“, riefen sie. „Und

herzlichen Dank auch für alles! Auf Wiedersehen!“

Als das Motorengeräusch verklungen war, sagte Barabara Blocksberg in die Stille hinein: „Ich glaube es einfach nicht. Ein neues Haus!“

Da nahmen Bibi und ihr Vater die große Hexe Barbara in den Arm und tanzten mit ihr im Kreis herum. Dazu sangen sie gemeinsam:

„Bald haben wir ein Haus!
Bald haben wir ein Haus!
Da schmeißt uns keiner raus!
Wir hexen einfach kreuz und quer!
Es meckert laut kein Nachbar mehr!
Bald haben wir ein Haus!“

Kurz darauf kam auch schon der zweite Besucher vorgefahren. Es war ein weiblicher Besucher auf einem

Motorroller: die rasende Reporterin Karla Kolumna!

„Hallöchen! Hallöchen!“, rief sie. „Da sind Sie ja! Hach, es war gar nicht so leicht, Sie zu finden, aber Müllers haben mir den Weg gezeigt. Tja, der Presse kann eben niemand so schnell entkommen! Aha-haha!“

„Wir haben eine tolle Story für Sie, Frau Kolumna!“, platzte Bibi heraus. Sie konnte die Neuigkeit nicht für sich behalten. „Der Sohn von Herrn Müller baut uns ein Haus!“

„Sensationell!“, fand Karla Kolumna. Sie blickte sich neugierig um. „Nur jammerschade, dass es noch nicht fertig ist. Das neue Haus wäre ein phänomenales Titelbild für die morgige Zeitung!“

„Sollen wir es ihr zeigen?" Bibi blinzelte ihrer Mutter zu und die blinzelte zurück.

„Aber nur für ein Foto, Bibi!"

„Okay!", sagte Bibi, strich sich eine Haarsträhne aus der Stirn und fing an zu hexen: *„Eene meene, ei der Daus, so sieht's aus, das neue Haus! Hex-hex!"*

Bibi hexte nun aber nicht wie erwartet ein fertiges Haus auf die Wiese, sondern sie hexte eine Zeitung herbei, die direkt in Karla Kolumnas Hände geflogen kam. Auf der Titelseite der Zeitung prangte ein riesiges Foto. Darauf waren Bibi, Barbara und Bernhard Blocksberg vor einem hübschen Einfamilienhaus im Grünen abgebildet.

„Sensationell!" Frau Kolumna war

fast außer sich vor Begeisterung! „Ein wirkliches Traumhaus!“

Sie nahm die Zeitung sogleich an sich, startete ihren Motorroller und brauste winkend davon. Bibi flog ihr auf Kartoffelbrei zum Abschied ein kurzes Stück hinterher. Dann kehrte sie um und bald war von Karla Kolumna nur noch eine Staubwolke zu sehen. Bibi landete glücklich auf ihrem Kartoffelbrei mitten auf dem Grundstück, auf dem bald das Traumhaus der Familie Blocksberg stehen würde.

Bibi Blocksberg™

Der Hexengeburtstag

Nach Ulli Herzog

Die Geburtstagseinladung

„Bibi! Es hat geklingelt. Machst du mal bitte – HATSCHIII! – auf? Das wird Papi sein."

Die kleine Hexe Bibi Blocksberg klappte seufzend das dicke, alte Hexbuch von Mami zusammen, erhob sich aus ihrem Schmökersessel und stellte das Buch an seinen Stammplatz im Regal zurück.

„Der kann auch selber aufmachen", maulte sie. „Papi hat doch seinen Schlüssel dabei."

Es klingelte ein zweites Mal, diesmal länger und stürmischer.

„Nun geh schon, Bibi!“, rief ihre Mutter Barbara. „Und bring mir bitte ein neues Päckchen Papiertaschentücher aus dem – HATSCHIII! – Badezimmer!“

„Ja, mach ich!“, rief Bibi und ging zur Haustür. Sie öffnete. Draußen stand ihr Vater Bernhard und lachte seine Tochter freundlich an. „Guten Tag, Bibi!“

„Tag, Papi! Sag mal, hast du keinen Hausschlüssel dabei?“

„Doch!“ Herr Blocksberg griff in die Hosentasche und hielt seiner Tochter klingelnd den Schlüsselbund unter die Nase. „Hier! Aber ich dachte mir, wozu habe ich denn meine Familie?“

„Papi! Du bist ein Chauvi!“ Bibis Augen blitzten angriffslustig.

„Hoho, mein liebes Kind!“ Herr Blocksberg lachte, stellte seine Aktentasche ab und hängte seinen Mantel an die Garderobe. „Weißt du überhaupt, was ein Chauvi ist?“

„Natürlich weiß ich das. Ein Chauvi ist ein Vater, der seinen Haustürschlüssel nicht benützt und ...“

„... und der seine weiblichen Familienmitglieder wie Untergebene behandelt!“, ergänzte Frau Blocksberg von der Couch her. Sie lag dort mit einer Wolldecke bis zum Hals zugedeckt und schniefte zum Gotterbarmen.

„Guten Tag, meine Untergebene!“ Herr Blocksberg setzte sich zu seiner Frau. „Wie ich höre und sehe, geht es meiner Hexengattin nicht besonders. Da gebe ich dir heute lieber keinen

Begrüßungskuss. Aber dir gebe ich einen, Bibi!“

Seine Tochter hielt ihm die Wange hin. Herr Blocksberg verharrte kurz in der Bewegung und schnupperte geräuschvoll, bevor er ihr einen Schmatz gab.

„Hm! Du riechst aber gut!“, meinte er. „Überhaupt nicht nach Schwefel wie sonst. Du hast wohl heute noch gar nicht gehext?“

Bibi schüttelte den Kopf. Es war ein ungeschriebenes Gesetz im Hause Blocksberg, dass nicht gehext wurde, wenn jemand in der Familie erkältet war. Auch Hexen können einen tüchtigen Schnupfen und Husten bekommen, und sie können ihn leider nicht weghexen. Auch bei ihnen dauert ein Schnupfen sieben Tage oder noch länger.

„Es ist wirklich jammerschade, dass ich nicht mitfliegen kann“, sagte Frau Blocksberg und starrte mit glasigen Augen ihren Mann an. „Aber wenn ich eine Stunde lang auf meinem Hexenbesen Baldrian durch die Luft sause, dann wird meine Erkältung bloß noch schlimmer. Du wirst mit Bibi allein fliegen müssen.“

Herr Blocksberg schüttelte verwirrt den Kopf. Wieso fliegen? Wohin konnte seine Frau nicht fliegen und wohin sollte er allein mit seiner Tochter fliegen? Wie wäre es, wenn ihm das bitte jemand erklären würde?

„Ach, du weißt das ja noch gar nicht, Papi!“ Bibi lachte. „Tante Amanda wird fünfzig und macht jetzt am Sonnabend auf dem Blocksberg eine Riesefete. Da kommen alle Hexen aus der Verwandtschaft! Familienmitglieder von Hexen sind dabei auch zugelassen, bloß ...“

„... bloß die Männer haben Sprechverbot! Ich weiß!“ Herr Blocksberg fand das gar nicht komisch und lächelte ein wenig verkniffen. „Nee, Kinder, ohne mich! Ich habe keine Lust den ganzen Tag mit einem Pflaster über dem Mund herumzulaufen. Vielleicht darf ich mir ja gerade noch ein kleines Loch für einen Strohhalm lassen, damit ich eine Limonade trinken kann. Nein, danke! Ich denke nicht daran, mir den Mund verbieten zu lassen! Mich kriegen keine zehn Pferde auf diese Geburtstags-party."

„Wenn aber Mami nicht kann und du nicht willst, Papi, was mache ich dann?", fragte Bibi enttäuscht. Sie wollte doch so gern auf Tante Amandas Geburtstagsfest.

„Dann bleibst du eben auch zu Hause!", sagte Herr Blocksberg. „Aus. Basta. Was hat ein dreizehnjähriges Mädchen auch schon zwischen ein paar schweigenden Männern und ein paar kreischenden alten Hexen verloren?"

„Bernhard! Du bist jetzt aber unfair!" Seine Frau richtete sich auf und schaute verärgert. „Bei Amanda ist immer ein großes Wetthexen angesagt und da will Bibi sicher mitmachen.

Und wenn du nicht mitwillst, dann lassen wir sie eben allein fliegen. Sie ist ja schließlich kein Baby mehr."

Was blieb Herrn Blocksberg anderes übrig, als sein Okay zu geben. Zwei gegen einen, zwei Hexen gegen einen normalen Ehemann und Vater, – dagegen konnte er nun einmal nichts ausrichten.

„Danke, Mami!" Bibi strahlte. „Kann ich etwas für dich tun?"

„Ja", sagte ihre Mutter schniefend. „Denkst du an die – HATSCHIII! – Papiertaschentücher, um die ich dich gebeten habe?"

Kurz darauf klingelte es wieder an der Haustür. Wer konnte das jetzt sein? Bibi ging aufmachen.

„Hallöchen! Hallöchen!", ertönte es

aus dem Flur und schon kam die rasende Reporterin Karla Kolumna hereingestürmt. „Na, wie geht's denn so?“, sprudelte sie los. „Ich bin mal wieder auf meiner Rundreise durch das Städtchen, ich brauche dringend noch eine fetzige Story für meine Klatschspalte. Was gibt es Neues im Hexenhaus?“

„Hallöchen, Frau Kolumna!“, grüßte Bibis Mutter zurück. „Hallöchen! Ist mein Schnupfen interessant genug für Sie?“

Die rasende Reporterin schüttelte den Kopf. Nein, es mussten richtige kleine Sensationen sein wie die Geschichte mit dem entlaufenen Wetterfrosch oder dem Dino-Ei aus den Neustädter Höhlen.

„Tante Amanda hat Geburtstag und ich fahre hin“, meinte Bibi. „Wäre das was für Sie?“

Frau Kolumna überlegte kurz, dann winkte sie ab. Geburtstage waren ebenso wenig sensationell wie ein Schnupfen. Wenn es natürlich ein origineller Hexengeburtstag mit Wetthexen bei Vollmond und einer aufregenden Geisterstunde wäre, ja dann ... dann könnte man darüber reden.

„Es *ist* ein richtiger Hexengeburtstag mit Wetthexen bei Vollmond!“, sagte Bibi eifrig.

Jetzt wurde Karla Kolumna munter! Frau Blocksberg erzählte ihr, dass große, runde Hexengeburtstage wie Amandas Fünfzigster stets auf dem Hexentanzplatz am Blocksberg, dem

uralten Hexentreffpunkt, gefeiert wurden. Junge und alte Hexen zeigten dort ihr Können und es wurde immer ein traumhaftes Büfett aufgebaut, auf dem solche Köstlichkeiten wie zartes Krötensoufflé, gebackene Eidechsenschwänze und geschwefelte Teufelskrautbuletten auf die hungrigen Gäste warteten.

Bei dem Gedanken an solch ein Essen wurde die Reporterin ein bisschen blass um die Nase, Na ja, sie konnte sich ja ein belegtes Butterbrot mitnehmen. Der Geburtstag dagegen interessierte sie sehr und einen Exklusivbericht darüber wollte sie sich keinesfalls entgehen lassen.

„Ich fürchte, daraus wird nichts“, meinte Barbara Blocksberg bedauernd.

„Fremde sind nicht zugelassen.“

„Und Ehemänner, nur wenn sie das Maul halten!“, brummte Herr Blocksberg verärgert. Mit einem scharfen Blick wies ihn seine Frau zurecht.

„Aber liebe Frau Blocksberg“, säuselte Karla Kolumna, „es wird doch wohl möglich sein, dass ich diesem phänomenalen Ereignis beiwohne? Hexengeburtstag auf dem Hexentanzplatz, das ist doch eine Weltsensation. Darüber *muss* ich berichten! Bibi kann mich ja für ihre Cousine ausgeben.“

„Nein, daraus wird nichts!“ Bibis Mutter blieb eisern. „Bei dem Fest muss jede der anwesenden Frauen etwas vorhexen. Und Sie können nun mal nicht hexen!“

„Stellen Sie sich vor“, Herr Blocksberg senkte geheimnisvoll die Stimme, „wenn diese Hexen das rauskriegen, dann werden Sie auf den Spieß gesteckt und gebraten. Das sind nämlich alles fremdenfeindliche Männerhasser, diese Hexen!“

Doch auch Herrn Blocksbergs Warnung konnte Karla Kolumna nicht überzeugen. Aber sie tat, als würde sie klein beigeben. Ganz beiläufig blickte sie auf ihre Uhr und stellte zu ihrem großen Erstaunen fest, dass sie ja gleich einen wichtigen Termin in der Redaktion hatte.

„Ach, herrjechen! Jetzt komme ich bestimmt zu spät! Bibi-Kindchen?“, wandte sie sich an die kleine Hexe, „könntest du mich vielleicht auf deinem Besen … Ich meine, das geht doch am schnellsten … Natürlich nur, wenn deine Mutter nichts dagegen hat."

Nein, Frau Blocksberg hatte nichts dagegen, trug aber Bibi auf, auf dem kürzesten Weg wieder heimzukommen. Bibi holte ihren Hexenbesen, ließ Frau Kolumna hinter sich aufsitzen und rief: *„Eene meene mei, flieg los, Kartoffelbrei! Hex-hex!"*

Funken sprühten, Sternchen blitzten und los ging es! Als Bibi jedoch ihren Wuschel auf das Bürohaus hinlenkte, wo die *Neustädter Zeitung* herausgegeben wurde, bat die Reporterin die Richtung zu ändern. Sie hatte es jetzt auch gar nicht mehr so schrecklich eilig, im Gegenteil.

„Bibi! Flieg doch bitte hinüber zum

Stadtpark und lande dort neben dem Teich. Ich will mit dir allein sein, ich habe etwas mit dir zu besprechen."

Bibi tat, worum sie gebeten worden war. Das klang ja sehr geheimnisvoll, was ihr Frau Kolumna da sagte. Vielleicht wollte sie eine kleine Verschwörung mit ihr anzetteln?

Die Verschwörung

Als sie gelandet waren, schlug Frau Kolumna vor, dass sie einen kleinen Spaziergang um den Teich herum machen und die Enten füttern sollten. Das wäre eine gute Tarnung. Bibi war einverstanden und die Reporterin kaufte an einem kleinen Verkaufsstand eine Tüte mit Entenfutter. Dann spazierten sie los.

„Bibi! Du musst mir helfen!“

Frau Kolumna blieb stehen und blickte die kleine Hexe neben ihr verschwörerisch an.

„Ich will mit!“

„Zu Tante Amanda? Das ist kein Problem!“

„Aber es hat doch geheißen, Fremde wären nicht zugelassen?“

„Ach, das finde ich sowieso einen ganz großen Quatsch mit dieser Geheimniskrämerei!“, sagte Bibi lässig und versuchte ihr Brot gerecht auf die hungrigen Schnäbel zu verteilen. „Wir Junghexen sehen das anders, wir sind immer schon dagegen gewesen. Wir wollen *öffentlich* zeigen, was wir machen. Sonst wird eine Hexe in den Köpfen der Leute immer eine Hexe bleiben, und zwar eine böse, alte Hexe. Es gibt aber auch moderne Hexen, so wie Mami und ich es sind. Die versuchen ganz normal zu leben.“

„Kindchen!“ Frau Kolumna war

verblüfft. „Das war ja eine richtige Rede! Druckreif, würde ich sagen. Druckreif!“

Noch verblüffter war sie jedoch, als Bibi vorschlug, sie unsichtbar zu hexen, damit sie zu ihrer Reportage über den Hexengeburtstag kam.

„Das würdest du wirklich für mich tun, Kindchen? Ich muss schon sagen: Sensationell!“

Nun gab es für Bibi kein Zurück mehr. Versprochen war versprochen! Sie musste das Unsichtbarhexen allerdings erst einmal ausprobieren, sie hatte es noch nie gemacht. Ihre Mutter durfte davon natürlich nichts wissen, deshalb wollte sie gleich hier im Park damit anfangen.

„Bleiben Sie mal ganz ruhig stehen,

Frau Kolumna!“, befahl Bibi und streckte die Arme vor. „Es ist wie beim Fotografieren. Keine Angst, es tut nicht weh. *Eene meene Adebar, Karla sei jetzt unsichtbar! Hex-hex!*“

Funken sprühten und Sternchen blitzten und die rasende Reporterin Karla Kolumna war plötzlich ohne Unterkörper. Sie merkte es gar nicht, bloß Bibi sah es und erschrak. Doch dann musste sie lachen. Es sah wirklich zu komisch aus, wie plötzlich die halbe Karla am Ufer des Ententeiches stand.

Ein junger Mann, der gerade vorbeikam und die Reporterin um die genaue Uhrzeit bat, nahm fluchtartig Reißaus, als er merkte, dass nur ein Oberteil mit ihm sprach.

„Also, das war nichts“, meinte Bibi enttäuscht, nachdem sie wieder allein waren. „Ich hexe Sie lieber wieder zurück. Ich muss daheim unbedingt noch mal in Mamis Hexbuch nachsehen, welcher Spruch der richtige ist für das Unsichtbarmachen. Also: *„Eene meene Pferdemist, sei so, wie du immer bist! Hex-hex!“*

Damit war die rasende Reporterin wieder die alte. Ein bisschen enttäuscht war sie schon, dass das Hexen nicht auf Anhieb geklappt hatte, aber Bibi vertröstete sie auf Sonnabend. Wenn ihre Mutter dann immer noch krank war und nicht mit zu Tante Amandas Geburtstag fahren konnte, dann würde Bibi Frau Kolumna am Nachmittag von ihrem Balkon abholen. Von dort aus sollte es direkt zum Blocksberg gehen.

„Und das mit dem Unsichtbarhexen, das klappt dann schon!“ Bibi war zuversichtlich. „Bis zum Sonnabend habe ich den richtigen Hexspruch bestimmt gefunden.“

Zu Hause nahm sich Bibi am selben Abend noch das Hexbuch vor. Sie hatte eine gute Ausrede, denn sie brauchte ja einen besonders tollen Hexspruch für das Wetthexen.

„Such dir in Ruhe einen aus, Schatz“, meinte ihre Mutter. „Aber nur in meiner Gegenwart. Und der hintere Teil mit den schwarzen Seiten, der ist für dich tabu. Verstanden? Du weißt ja, die schwarzen Seiten unterliegen dem Jugendverbot.“

„Verbote hier! Verbote da! Immer diese Geheimniskrämerei“, maulte Bibi. „Ich finde das echt blöd mit dem Jugendverbot!“

„Das hat schon seinen Grund, Bibi. Es gibt schließlich Hexsprüche, mit denen können junge und unerfahrene Hexen leicht Schaden anrichten. Das Unsichtbarhexen zum Beispiel, das hat so seine Tücken.“

„Das Unsichtbarhexen?“ Bibi hielt die Luft an.

„Genau! Diese Fähigkeit würde kleine, wilde Junghexen wie dich mit Sicherheit zu irgendwelchem Unsinn verleiten. Später, wenn du groß bist ...“

„... wirst du das alles einsehen!“, ergänzte Bibi. Da mussten die große und die kleine Hexe schallend lachen.

Bibi fand schon bald ein paar tolle Vorschläge für das Wetthexen auf dem Blocksberg, aber an die schwarzen Seiten traute sie sich nicht heran. Ihre Mutter schaute hin und wieder zu ihr herüber, sie musste Mami also kurz ablenken. Da hatte sie auch prompt eine Idee. Ihre Mutter war gerade in die Küche gegangen um sich einen Hustentee aufzubrühen. Schnell flüsterte Bibi im Wohnzimmer einen Hexspruch: *„Eene meene falscher Ton, es klingelt jetzt das Telefon! Hex-hex!“*

Und schon begann es zu läuten.

„Nanu, wer ruft denn jetzt um diese Zeit noch an?“, wunderte sich ihre Mutter. „Lass nur, Bibi, ich gehe schon. Vielleicht ist es ja für mich. Blocksberg? … Nein, da müssen Sie

sich verwählt haben. Entschuldigen Sie mal, ich heiße *Blocksberg* und nicht *Bocksbeutel*! … Ja, das ist meine Nummer. Wen wollten Sie denn eigentlich sprechen?“

Bibi lachte leise in sich hinein. Der unbekannte Anrufer würde Mami noch eine Weile beschäftigen, dafür hatte sie gesorgt. Es blieb ihr also genügend Zeit um die schwarzen Seiten des Hexbuches durchzublättern.

„P … Q .... R … S … T … U ...“, murmelte sie vor sich hin. „Unfug … unsichtbar. Aha, hier! *Eene meene Adebar, Dingsbums werde unsichtbar!* Das habe ich doch gesagt, warum hat das bei mir nicht funktioniert? Ach so, es muss dreimal *Hex-hex!* heißen. Das konnte ich natürlich nicht wissen.“

Bibi klappte schnell die schwarzen Seiten wieder zu und blätterte noch betont harmlos ein paar andere Seiten durch. Da bemerkte sie zu ihrem großen Schreck, dass ihre Fingerspitzen ganz voll schwarzer Farbe waren. Ihre Mutter telefonierte immer noch, also sauste Bibi ins Badezimmer und versuchte so gut es ging mit Seife und Bürste die Finger wieder sauber zu kriegen. Beim Gute-Nacht-Sagen versteckte sie die Hände in den Ärmeln ihres Nachthemds und so erfuhr Frau Blocksberg auch nicht, was ihr Töchterchen während ihres Telefongesprächs mit einem Unbekannten heimlich gemacht hatte.

Begegnung in den Lüften

Am Sonnabend war Frau Blocksberg immer noch erkältet und viel zu schlapp und matt, um fliegen zu können. Bibi tat ihre Mami auf der einen Seite natürlich leid, aber andererseits war es auch unheimlich aufregend, allein die weite Flugreise zu unternehmen. Noch dazu, wo sie einen blinden oder besser gesagt, einen unsichtbaren Passagier dabei haben würde.

Schließlich wurde es Zeit für den Aufbruch. Barbara Blocksberg gab ihrer Tochter noch ein sehr persönliches Geburtstagsgeschenk für Tante Amanda mit: ein Töpfchen selbst eingelegte Kröteneier in Knoblauchöl mit ganz viel Peperoni. Hexen mögen es nämlich pikant und sehr scharf!

„Ach so, ich muss ihr ja auch noch was schenken!“, fiel es Bibi plötzlich ein. „Am besten nichts Gekauftes, sondern was Selbstgemachtes. Ich hab's! *Eene meene Straßenschild, hier ist ein schönes, buntes Bild! Hex-hex!* Schau, Mami“, sie hielt es ihrer Mutter vor die Nase. „Ist das nicht hübsch? Eine Hexe fliegt auf ihrem Besen in die untergehende Sonne hinein!“

„Hübsch ist es schon, aber ein bisschen mehr Mühe hättest du dir schon geben können. Selbst *gemacht* ist selbst *gemalt* und nicht selbst *gehext*.

Du bist ein fauler Strick!“

Bibi war aber schon so vom Reisefieber angesteckt, dass sie kaum Zeit und Ruhe gefunden hätte für etwas Selbstgebasteltes.

Endlich war es so weit, sie konnte aufbrechen. Ihr Vater ließ es sich nicht nehmen, seiner Tochter noch einmal den kürzesten und einfachsten Weg auf der Landkarte zu beschreiben, und dann nach einer herzlichen Verabschiedung setzte sich Bibi auf ihren Kartoffelbrei, verstaute die Geschenke für Tante Amanda – und los ging’s!

Kurz darauf war Bibi zwischen den Bäumen von Gersthof verschwunden und nahm Kurs auf Karla Kolumnas Balkon. Die rasende Reporterin winkte ihr schon von weitem zu, und

als Bibi dann landete, plapperte sie gleich los.

„Da bist du ja endlich, Kindchen! Hach, ich bin ja schon so aufgeregt! Hast du jetzt den richtigen Spruch gefunden?“

„Ja, hab ich.“ Bibi nickte. „Es ist hundertprozentig der richtige Spruch! Stellen Sie sich jetzt gerade hin und schauen Sie mich an. Ja, Sie dürfen auch lächeln. Achtung! *Eene meene Adebar, Karla sei jetzt unsichtbar! Hex-hex! Hex-hex! Hex-hex!*“

Und siehe da – Frau Kolumna war weg! Richtig futsch! Sie selbst fühlte sich wie immer, war sozusagen voll da, nur – sie war eben vom Kopf bis zu der großen Zehe unsichtbar.

„Sen-sa-tio-nell!“, rief sie voller

Begeisterung, als Bibi ihr das Ergebnis mitgeteilt hatte. „Dann lass uns auf der Stelle losfliegen, Kindchen. Halt! Mein Fotoapparat! Das ist doch das Wichtigste!“

Sie eilte, natürlich unsichtbar, zurück in ihre Wohnung und holte ihn. „Ohne mein gutes Stück bin ich doch nur ein halber Mensch. Aha-haha!“

Doch als sich Frau Kolumna den Apparat umgehängt hatte, tauchte ein kleines Problem auf. Sie war zwar unsichtbar, aber die Kamera nicht. Da hängte Bibi sie sich einfach um.

„Fertig?“ Als die Reporterin hinter ihr Platz genommen hatte, gab sie ihrem Hexenbesen das Startsignal: *„Eene meene mei, flieg los, Kartoffelbrei! Hex-hex!“*

Und los ging's! Bibi nahm Kurs auf den Fluss, den ihr Vater ihr auf der Karte gezeigt hatte und hielt sich immer am Ufer. Dann ließ sie Kartoffelbrei höher steigen und kurvte mit ihm zwischen den kleinen, weichen Schäfchenwolken hindurch. Karla Kolumna war hellauf begeistert.

„Kindchen! Kindchen! Es ist immer wieder ein tolles Erlebnis, wenn man die Welt von oben betrachten kann. Aber das hier ist schöner als im Flugzeug. Auf deinem Besen ist man wenigstens immer an der frischen Luft!" Sie freute sich wie eine Schneekönigin und zeigte mal da hin und mal dort hin. Immer gab es etwas Neues zu entdecken. „Wie Spielzeug sehen die Häuser und Autos da unten aus. Sieh mal, Bibi, aus dem Wald dort kommt gerade ein Zug gefahren. Wie eine niedliche Modelleisenbahn sieht er aus! Und auf den Wiesen da drüben galoppieren ein paar Pferde!"

Bald darauf fesselte etwas anderes ihre Aufmerksamkeit. Sie entdeckte vor ihnen etwas Großes, Schwarzes in der Luft. Es sah aus wie ein riesiger Vogel, aber es flog nicht, sondern blieb immer an der gleichen Stelle stehen. Sie machte Bibi darauf aufmerksam. Nein, es war kein Vogel, sondern ...

„Huch!", rief Karla Kolumna erschrocken. „Das ist ja ein Mensch! Er steht auf einer kleinen Wolke. Das ist ja sensationell! Wie macht er das?"

„Menschen können nicht auf Wolken stehen", stellte Bibi scharfsinnig fest. „Wenn es aber kein Mensch ist, dann kann es nur … eine Hexe sein. Die will sicher auch zu Tante Amandas Geburtstag. Wahrscheinlich ruht sie sich gerade ein wenig auf der Wolke aus."

„Nein, Bibi, die ruht sich nicht aus", meinte Karla Kolumna, als sie näher heranflogen. „Die winkt zu uns herüber. Sie will bestimmt als Anhalter mitgenommen werden."

Bibi kam die Gestalt vor ihnen bekannt vor, und als sie nahe genug heran waren, erkannte sie die Hexe.

„Das ist Mania, unsere Uralthexe!", raunte sie Frau Kolumna hinter sich zu. „Sie ist ziemlich schrullig und zickig, aber sonst sehr lieb. Sie müssen sich jetzt ganz still verhalten. Vergessen

Sie nicht: Sie sind ja eigentlich gar nicht da."

Karla Kolumna versprach es. Dann hatten sie die alte Hexe erreicht.

„Hallo, Tante Mania!", grüßte Bibi freundlich.

„Ah, hallo!", krächzte Mania und kniff ihre Augen ein wenig zu, weil sie leicht kurzsichtig war. „Du kommst wie gerufen, kleine Hexe! Bist du nicht die … die ..."

„Bibi! Bibi Blocksberg aus Neustadt! Die Tochter von Barbara Blocksberg. Du kennst mich doch."

„Ja, ja, jetzt fällt es mir wieder ein." Auf Manias von Falten durchzogenem Hexengesicht erschien ein Lächeln. „Ich habe in letzter Zeit viel von dir gehört, Bibi. Du bist ein helles

Köpfchen, heißt es in Hexenkreisen. Dann zeig doch gleich mal, was du kannst. Ich habe nämlich eine Panne. Mein Besen, der gute, alte Fuzzi, ist nicht mehr der Jüngste. Er streikt einfach, will nicht weiter."

„Das ist aber schade", meinte Bibi bedauernd. „Wo willst du denn hin? Auch zu Tante Amandas Hexengeburtstag?"

„Natürlich", gab Mania zur Antwort. „Du etwa auch? Warum bist du denn allein?"

„Ach, weißt du, Tante Mania, Mami hat einen dicken Schnupfen und Papi will nicht mit. Wegen dem Redeverbot für Männer. Du weißt schon."

„Weiß ich! Weiß ich!" Mania kicherte in sich hinein. „Das ist auch besser so. Männer und Fremde sollen gefälligst zu Hause bleiben! Aber jetzt", wechselte sie das Thema, „jetzt rück mal ein bisschen zur Seite und mach Platz auf deinem Besen. Deine alte Tante will bei dir aufsitzen."

„D-du? Auf K-Kartoffelb-brei?" Bibi geriet ins Stottern. „Aber das geht nicht, Tante Mania. Mein Besen ist nur einsitzig, ich meine ..." er hält das vielleicht nicht aus und dann ..."

„Na schön. Du kannst Recht haben. Aber du könntest mich wenigstens abschleppen. Das geht doch wohl, oder?"

Ja, das ging. Bibi nahm ein Stück von dem Band, mit dem das Geburtstagsgeschenk für Tante Amanda verziert war, und knotete es vorn an Fuzzi und hinten an Kartoffelbrei. Als sie das tat, entdeckte Mania den Rest der schwarzen Farbe an Bibis Fingern.

„Ach, was sehe ich denn da?", fragte sie listig und drohte leicht mit dem Finger. „Du hast wohl heimlich in Mutters Hexbuch geschmökert, was?"

„Nein, nein!", wehrte Bibi ab. „Das ist nur ganz normaler Ruß. Heute war nämlich der Schornsteinfeger bei uns und da habe ich ihn angefasst, weil das Glück bringen soll."

Mania musste schmunzeln. Nicht schlecht, die kleine Bibi! Um eine Ausrede nie verlegen! Aber da war noch etwas.

„Bibi!" Mania zog ihre lange Nase kraus und schnüffelte. „Wieso riecht es hier nach Menschenfleisch?"

Der kleinen Hexe fiel vor Schreck fast das Herz in die Hose. Wenn es jetzt herauskam, dass sie heimlich Karla Kolumna mitgenommen hatte? Aber Bibi Blocksberg war nicht auf den Kopf gefallen.

„Was da riecht, das bin ich!“, sagte sie und lachte ein wenig verlegen. „Ich habe heute früh noch gebadet, damit ich bei Tante Amandas Geburtstag schön sauber bin.“

Frisch gebadet und dann immer noch rußige Finger? Die alte Mania blieb misstrauisch. Doch sie forschte nicht weiter nach.

„Mit schwarzen Fingern kannst du aber nicht bei Amanda erscheinen!“, meinte sie vorwurfsvoll. „Streck mal die Finger aus. *Eene meene meck, Dreck ist weg! Hex-hex!* So! Jetzt müssen wir aber sehen, dass wir weiterkommen, sonst findet der Geburtstag ohne uns statt."

Bibi und die unsichtbare Karla Kolumna hinter ihr nahmen also die alte Mania ins Schlepptau und hielten weiter Kurs auf den Blocksberg, wo heute Tante Amanda ihren fünfzigsten Geburtstag feiern wollte.

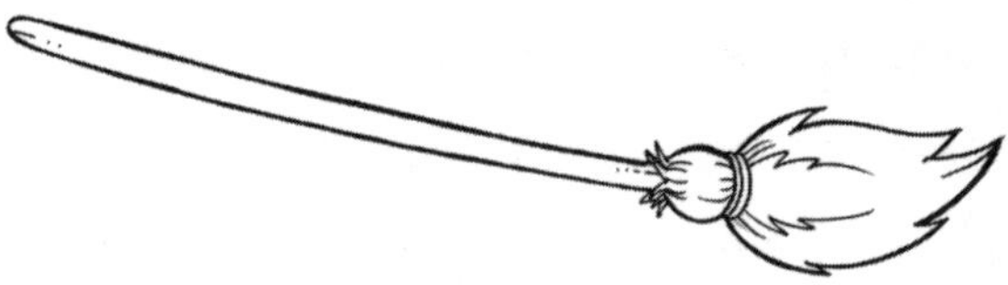

Das Wetthexen

Die Sonne war bereits hinter dem Horizont untergegangen und es dämmerte, als Bibi und ihre beiden Begleiterinnen auf dem Hexentanzplatz eintrafen. Schon von weitem sah man den großen, hohen Holzstoß für das Lagerfeuer, das unbedingt zu dem Fest dazugehörte. Über dem Feuer würde später dann in einem dickbäuchigen Hexenkessel die Spinnengulaschsuppe für Mitternacht brodeln.

Die Hexen hatten sich bereits zu einem Kreis aufgestellt, um der Jubilarin ein Ständchen zu singen.

Doch als sie die zwei verspäteten Gäste kommen sahen, warteten sie noch. Bibi brachte Kartoffelbrei weich zum Landen. Karla Kolumna huschte schnell hinter einen Busch, obwohl natürlich keine der Hexen sie sehen konnte. Aber sicher war sicher. Bibi und Mania gesellten sich zu den anderen und schmetterten mit ihnen aus vollem Hals das übliche Geburtstagsständchen.

Hexi Birthday to you!
Hexi Birthday to you!
Hexi Birthday, liebe Amanda!
Hexi Birthday to you!

Dann stürzten alle auf Amanda zu, umarmten sie, küssten sie auf die Wangen und brachten ihre Glückwünsche an.

„Liebe Amanda! Alles alles Gute!“

„Lass dich herzen und drücken! Noch viele schöne Hexenjahre wünsche ich dir!“

„Herzlichen Glückwunsch! Hier, das ist für dich! Ein kleines Hexenhäuschen mit Sonnenterrasse!“

„Happy Birthday auch von uns!“, sagte Bibi Blocksberg und drückte Tante Amanda die Geschenke aus Neustadt in die Hand. „Einen lieben Gruß von Mami und sie kann leider nicht kommen, weil sie stark erkältet ist.“

Amanda war ganz gerührt und bedankte sich bei allen sehr herzlich. Bibi versprach sie, ihr einen guten Erkältungstee nach eigenem Geheimrezept mitzugeben. Während die

Hexen Amanda beim Geschenkeauspacken neugierig zusahen und ihre Kommentare dazu gaben, machte sich Bibi unauffällig auf die Suche nach Karla Kolumna.

„Hier, Bibi!“, flüsterte es aus dem Gebüsch. „Hier bin ich! Hach, ist das alles aufregend! Ich brauche aber jetzt dringend meinen Fotoapparat, Kindchen. Könntest du mir den bitte holen?“

„Das geht nicht!“ Bibi sah sich unauffällig um. Zum Glück beachtete sie niemand. „Ihr Fotoapparat ist doch sichtbar. Das fällt sicher auf, wenn ein einsamer Apparat in der Luft herumtanzt.“

Frau Kolumna aber ließ nicht locker. Wegen der Fotos war sie schließlich mitgekommen. Die Fotos musste sie haben!

„Dann tanzt er eben!“, sagte sie energisch. „Ich werde es schon überstehen!“

„Genau! Er tanzt!“ Bibi lächelte verschmitzt in sich hinein. „Frau Kolumna, ich habe eine Idee. Lassen Sie mich nur machen. Später beim Wetthexen, da können Sie Fotos für Ihre Zeitung schießen, so viel Sie wollen. Versprochen!“

Nun wurde es aber höchste Zeit für Bibi, sich wieder zu Tante Amanda und ihren Gästen zu begeben. Die Geschenke waren ausgepackt und nun bewegten sich alle schwatzend und kichernd langsam zu den Tischen und Bänken hin.

Hier war das Büfett mit lauter hexischen kalten und warmen Leckereien aufgebaut. Die wenigen Männer, die ihre Hexenfrauen begleitet hatten, saßen an kleinen Tischen – sogenannten Katzentischen – auf kleinen Stühlen. Sie sollten Bier und Bockwurst bekommen, die sie leider schweigend verzehren mussten. Sie hatten ja Sprechverbot.

Bibi wandte sich noch einmal an Karla Kolumna, bevor sie selbst an das Büfett ging.

„Soll ich Ihnen was bringen?"

„Nein, vielen Dank, Kindchen! Ich hole mir lieber selber etwas. Eine Bockwurst mit Senf und Brötchen ist mir lieber."

Da knallten auf einmal Feuerwerkskörper, Raketen schossen zischend in die Höhe und zerplatzten an dem dunkelblauen Abendhimmel. Das war das Startsignal: Das hexische Büfett war eröffnet. Im Nu stürzten sich alle darüber, luden ihre Teller voll und setzten sich dann zum gemeinsamen Essen an die Tische.

Frau Kolumna begab sich vorsichtig hinüber zu den Männern. Gerade wollte einer von ihnen nach der letzten Bockwurst greifen, da wurde sie ihm wie von Geisterhand vor der Nase weggeschnappt. Er schaute verdutzt und wollte lautstark protestieren, aber dann besann er sich und ließ es lieber sein. Er hatte ja Sprechverbot!

Schließlich waren alle satt. Da erhob sich das Geburtstagskind von seinem

Sitz und schlug mit einem Löffel leicht gegen sein Glas mit Fliegenpilzbowle. Das Gemurmel erstarb und Amanda hielt eine Rede.

„Liebe Hexenschwestern von nah und fern! Ich danke euch für euer zahlreiches Erscheinen und ich danke euch vor allem für die wundervollen Geschenke und die vielen Glückwünsche. Ich hoffe, sie werden alle in Erfüllung gehen. Wie ich sehe, sind alle pappsatt und auch unsere nichtssagenden Begleitpersonen sind tüchtig abgefüllt!“

Die Hexen brachen in Gelächter aus, während die Männer so taten, als hätten sie nichts gehört.

„Sehr schön“, fuhr Amanda fort. „Dann können wir ja zum geselligen

Teil des Festes übergehen und mit dem Wetthexen beginnen. Erhebt euch bitte von den Plätzchen und stellt euch im Kreis um das Holz auf."

Die Hexen taten, wie ihnen geheißen worden war. Amanda streckte die Arme aus und zeigte mit allen zehn Fingern auf die sorgfältig aufgeschichteten Holzscheite.

„Eene meene Ungeheuer", rief sie, *„hier lodert jetzt ein Lagerfeuer. Hexhex!"*

Helle Flammen schossen aus den trockenen Ästen hervor, züngelten gegen den Himmel und warfen ihren flackernden Schein auf die Gesichter der Gäste. Das Holz knisterte und krachte und Funken stieben nach allen Seiten.

„Bravo!“ – „Bravissimo!“ – „Gut gemacht!“ – „Richtig hexisch! Wow!“

Die Hexen lobten Amandas Kunststück und eine von ihnen rief begeistert: „Unserem lieben Geburtstagskind ein dreifaches ...“

„Hihi! Hihi! Hihi!“, fielen die anderen mit ein.

Amanda bedankte sich erneut und gab dann das Zeichen zum Beginn des Wetthexens. Nach alter Tradition sollten die Junghexen dem Alphabet nach mit ihren Darbietungen beginnen. Die erste war die Junghexe Arcadia, eine flippige Partyhexe, die am liebsten den ganzen Tag tanzen würde, wenn sie nur dürfte. Ihre hexischen Leistungen waren leider miserabel. Für Tante Amandas heutiges Geburtstagsfest hatte sie jedoch kräftig geübt und wollte alle Anwesenden mit einem originellen Beitrag beim Wetthexen überraschen. Arcadia stellte sich lässig hin und sagte schmissig ihren Hexspruch: *„Eene meene Schweinesteak, am Feuer steht 'ne Diskothek! Hex-hex!*"

Plötzlich erklang auf dem Hexplatz dröhnende Diskomusik, zu deren Rhythmus grellbunte Neonlichter flimmerten. Bibi und die andern Junghexen sparten nicht mit Beifall und riefen: „Wow!" – „Super, Arcadia!" „Echt stark!" – „Einsame Klasse!"

Viele der alten Hexen fanden den Trick ebenfalls sehr gelungen und spendeten Applaus. Einige murrten und Tante Amanda war ganz dagegen.

„Furchtbar! Schrecklich! Dieser Radau ist ja nicht zum Aushalten! Nein, Arcadia! Dein Disko-Spruch in allen Ehren, aber was zu viel ist, das ist zu viel! *Eene meene Leistenbruch, zunichte dieser Hexenspruch! Hex-hex!*"

Augenblicklich herrschte wieder friedliche Stille und nur die Flammen des Feuers erhellten den Platz. Die Junghexen murrten und einige von den Alten riefen „Buh!". Der Rest klatschte Beifall.

Im Alphabet kam nach „A" wie „Arcadia" „B" wie „Bibi".

Bibi ist an der Reihe

„Frau Kolumna, jetzt bin ich dran“, raunte Bibi der Reporterin zu. „Hören Sie genau hin, was ich hexe. Dann können Sie ohne Gefahr Ihre Bilder schießen!“

„Mach’ ich, Kindchen, mach ich!“, flüsterte Karla Kolumna zurück. Sie war schon ganz zappelig. „Bibi, das werden Schnappschüsse, die hat die Welt noch nicht gesehen. Diese Hexengesichter, diese Hexenkostüme! Sen-sa-tio-nell!“

Bibi trat nach vorne und Frau Kolumna stellte sich neben sie.

„So, Bibi, nun mach mal deiner Mutter Barbara alle Ehre!“, spornte Amanda sie an. „Schieß mal los!“

Bibi holte tief Luft und sagte drei Hexsprüche hintereinander auf: *„Eene meene manzen, Kamera sollst tanzen! Eene meene Straßenschilder, mach lauter schöne Hexenbilder! Eene meene Tippsen flitzen, lass es knipsen, lass es blitzen! Hex-hex!* So“, fügte sie leise hinzu, ohne die Lippen zu bewegen, „jetzt schießen Sie mal Ihre Fotos!“

Karla Kolumna staunte nicht schlecht. Das war ja phantastisch, was Bibi sich da hatte einfallen lassen. Sie konnte ganz ungesehen nach Lust und Laune ihre Aufnahmen machen. Der sichtbare Fotoapparat, den die unsichtbare Reporterin in den Händen hielt,

tanzte lustig in der Luft herum. Er knipste und blitzte mal in diese Richtung, mal in die andere, als würde er Bibis Hexspruch aufs Wort folgen.

Einige der alten Hexen lachten und schnitten Grimassen, stellten sich in Positur oder machten Handstand oder Radschlag. Manche von ihnen mochten das Fotografieren aber gar nicht. Sie hielten sich die Hände vor das Gesicht oder drehten sich zur Seite. Die Junghexen dagegen fanden das Blitzlichtgewitter ganz amüsant, und die Punkerhexe Schubia legte vier Finger an den Mund und stieß einen anerkennenden Pfiff aus.

„Ey, Blocksberg!“, rief sie. „Echt cool! Wirklich!“

Bevor aber eine der weiblichen Gäste

doch noch etwas merkte, wollte Bibi lieber schnell der Hexerei ein Ende bereiten. Frau Kolumna hatte ja nun bekommen, was sie wollte: ihre sensationellen Fotos.

„So, meine kleine Zauberkamera", sagte Bibi laut und deutlich, damit die Reporterin es auch hören konnte, „jetzt musst du aber Schluss machen. Komm zurück zu der lieben Bibi! Na los, komm schon!"

„Moment mal! Was sind das für falsche Töne?" Die alte Mania war plötzlich misstrauisch. „Bibi! Sag einen anständigen Rückhexspruch, wie sich das gehört!"

„Oh, ja … äh, natürlich, Tante Mania!", beeilte sich Bibi zu sagen. Beinahe hätte sie alles vermasselt.

„Eene meene Kuchenstück, Kamera, komm jetzt zurück!" Nichts passierte, die Kamera tanzte weiterhin in der Luft herum. Bibi wurde nervös und befahl laut und deutlich: „Kamera, komm jetzt zurück!"

„Was ist denn los mit dir, Kind?", wunderte sich Mania. „Du vergisst ja das *Hex-hex*!"

„Ach ja, natürlich!" Bibi wurde es heiß und kalt vor Schreck. Schnell fügte sie hinzu: *„Hex-hex!"*

Endlich! Jetzt hatte die Knipserei aufgehört.

„Danke schön, Bibi!", sagte Amanda. „Das war ein hübscher Einfall. Schick mir doch von jedem Foto einen Abzug für mein Geburtstagsalbum."

Bibi versprach es. Sie hatte nun

ihren Auftritt gehabt und hielt sich bescheiden im Hintergrund, während die anderen Junghexen ihre Kunststücke vorführten.

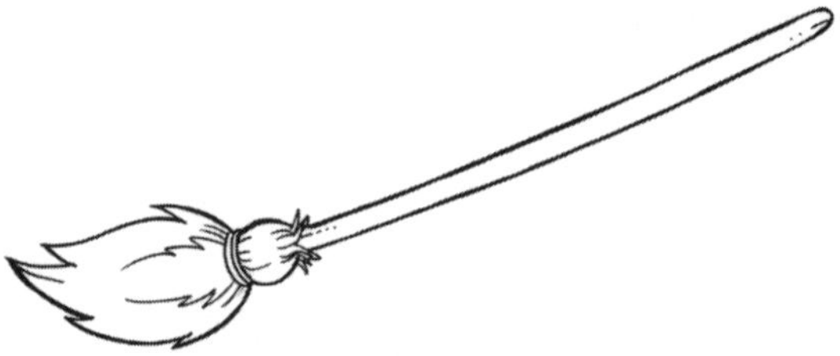

Die Blumenhexe

Zum ersten Mal war Flauipaui, das Blumenkind unter den Junghexen, zu einem Fest auf dem Blocksberg eingeladen worden. Sie machte sich eigentlich nichts aus den Treffen mit den alten, konservativen Hexen, aber Tante Amanda zuliebe war sie doch gekommen. Mit ihr verstand sich die verträumte Flauipaui von allen erwachsenen Hexen am besten. Schließlich war Amanda eine von den moderneren Hexen, hatte recht fortschrittliche Ansichten und ein Herz für die Jugend. Es gefiel ihr, dass das

Mädchen stets eine Blume im Haar trug und auch ihren Hexenbesen mit Blüten geschmückt hatte.

Es begann plötzlich ganz unerwartet zu tröpfeln, dann fielen richtige, dicke Regentropfen. Das war natürlich schlecht bei einem Fest unter freiem Himmel. Doch Flauipaui reagierte schnell und stellte damit ihre Hexkunst unter Beweis.

„Eene meene hegen, pflegen, das wird jetzt ein Blumenregen! Eene meene ruckezuck, alle tragen Blumenschmuck! Hex-hex!“

Augenblicklich fielen statt der Regentropfen zarte Blumen und Blütenblätter in allen Farben vom Himmel, schwebten tänzelnd durch die Luft und legten sich wie Schneeflocken auf die Schultern und Köpfe der Hexen. Ein Staunen und Raunen erhob sich und manch eine der Hexen versenkte ihre lange Nase in die duftenden Blüten.

Flauipaui erhielt kräftigen Applaus und anerkennende Worte für diesen hübschen Einfall. Sie bedankte sich lächelnd, machte einen Knicks und wedelte leicht mit ihrem blumig-duftigen Besen durch die Luft.

Die Punkerhexe Schubia machte es ihr gleich nach, erntete aber nur ärgerliche Zurufe.

„Weg mit deinem Besen!“, schimpfte Mania und hielt sich die Nase zu. „Der stinkt ja grässlich nach Benzin! Wie kommt denn das?“

„Ey, da ist ein kleiner Motor drin!“,

antwortete Schubia grinsend. „Das ist modern, Tante Mania. Da kommst du nicht mit. Warte nur, bis ich meinen Kawakasi kriege. Das ist ein voll krass getunter Besen. Mit dem geht die Post ab, der macht locker seine zweihundert Stundenkilometer. Da kann sich dein Fuzzi dünne machen!"

Mania blieb der Mund offen stehen. Solche vorlauten Sprüche liebte sie gar nicht.

„Wir sind anständige Hexen und fliegen nur mit Hexenkraft und Hexsprüchen!", ermahnte sie Schubia. „Untersteh dich und verpeste mit deinem Motorstinker die gute Bergluft!"

„Genau!", mischte sich da die Junghexe Xenia ein, die eine begeisterte und überzeugte Umweltschützerin war. „Du hast völlig Recht, Tante Mania. So ein Motorbesen stößt viel zu viele Schadstoffe aus. Wenn die Luft verschmutzt ist, können unsere Besen nicht mehr richtig fliegen."

Die anderen Hexen murmelten zustimmend. Schubia mit der großen Klappe, die sich gern mit anderen anlegte, sagte nun lieber nichts mehr. Mit Xenia war nicht gut Kirschen essen. Sie war normalerweise freundlich, still und zurückhaltend, aber sie schreckte vor keiner Hexerei zurück, wenn sie einen Umweltsünder auf frischer Tat ertappte. Auch gegen andere Hexen nicht, und die Junghexe Schubia war in Xenias Augen eine Umweltsünderin.

Es dauerte noch eine ganze Weile, bis dem Alphabet nach alle drangekommen waren. Die Teilnehmerinnen wurden gelobt und bewundert und mit viel Beifall bedacht. Dann war der Wettkampf der Junghexen zu Ende. Jetzt konnte die Geburtstagsgesellschaft eine längere Pause gut vertragen. Und was gehörte zu einer Pause? Natürlich eine Kleinigkeit zur Erfrischung, etwas Süßes oder etwas zum Knabbern.

Das Geburtstagskind kam gern den Wünschen der Gäste nach und zauberte mit einem Hexspruch einen Nachtisch: „*Eene meene kein Problem, für alle gibt's jetzt Schwefelcreme! Hex-hex!*"

Hurtig nahmen die Hexen wieder

an den Tischen Platz und löffelten schmatzend Amandas Dessert. Dabei redeten und lachten, stritten und diskutierten sie oder tauschten Erfahrungen aus. Später saßen sie im Kreis um das lodernde Lagerfeuer herum und erzählten sich Geschichten. Es war richtig gemütlich und ihnen wurde nicht langweilig.

Dann ging es auf Mitternacht zu.

Karla Kolumna hat ihren Auftritt

„Liebe Hexenschwestern, es ist so weit!“ Wieder erhob sich Amanda und bat um Ruhe. Augenblicklich verstummte das Gemurmel und Gekicher, denn alle freuten sich auf das, was nun kam. „Wir nähern uns der Geisterstunde und damit dem Höhepunkt des Festes: Dem Wetthexen für die Erwachsenen! Mania, du bist die Älteste von uns. Du hast jetzt das Wort.“

Die alte Mania erhob sich und machte ein feierliches Gesicht.

„Meine lieben Hexenschwestern! Lasst uns die Magie der Geisterstunde spüren, die kostbarsten Minuten des Tages, die es für uns Hexen gibt. Fasst euch an den Händen, liebe Hexenschwestern, und sprecht mit mir die magische Formel: ‚Wir Hexen sind zur Geisterstunde alle eins in dieser Runde‘!“

Die Hexen taten, was Mania gesagt hatte und riefen im Chor: „Wir Hexen sind zur Geisterstunde alle eins in dieser Runde!“

„Und aus dieser Schwesternschaft schöpfen wir die Hexenkraft“, fuhr Mania fort.

„Und aus dieser Schwesternschaft schöpfen wir die Hexenkraft“, wiederholten die Hexen.

Nun konnte es losgehen. Amanda, die Gastgeberin, durfte anfangen und sie hatte zur Feier des Tages das Recht auf den Unsichtbarkeitsspruch. Mhhhm – wen sollte sie unsichtbar hexen? Am liebsten doch einen Mann.

„Leihst du mir mal kurz deinen Eduard aus, Warza?“, fragte sie eine befreundete Hexe.

„Na klar!“ Warza rief nach ihrem Mann. „Eduard, komm, komm zu Frauchen! Du darfst ausnahmsweise sprechen. Du hast die Ehre, von Amanda verhext zu werden.“

Eduard protestierte lautstark, weil es ihn beim Verhextwerden immer so kitzelte und kribbelte, aber es half nichts. Er musste vortreten und Amanda anschauen.

„Eene meene Adebar, Eduard sei unsichtbar. Hex-hex! Hex-hex! Hex-hex!"

In dem Moment, als Warzas Mann nicht mehr zu sehen war, rächte er sich an den Hexen. Er wusste, dass fast alle schrecklich kitzelig waren und nützte das gehörig aus. Die Frauen zuckten zusammen und kreischten auf, als Eduard von einer zur anderen flitzte und sie gehörig durchkitzelte. Er schlug sogar vor, dass die anderen Männer auch unsichtbar gehext werden sollten. Zu mehreren würde das Kitzeln viel mehr Spaß machen.

Da wurde es Warza dann doch zu viel und sie bat Amanda, ihren Mann wieder sichtbar werden zu lassen.

Karla Kolumna durchfuhr ein Schreck! Wenn Eduard wieder zurück-

gehext wurde, dann müsste der Spruch doch auch für sie gelten und alle könnten sie sehen. Das wäre eine Katastrophe! Sie fragte Bibi leise um Rat. Die überlegte kurz und wusste auch schon eine Lösung.

„Nicht verzweifeln, Frau Kolumna. Ich werde Sie so verhexen, dass Sie aussehen wie eine alte Märchenhexe. Das hält nicht lange an und Sie können auch nicht hexen. Aber als Tarnung genügt es. Fertig? Kann es losgehen?“

„Na gut, Kindchen!“ Frau Kolumna war in dem Moment alles recht. Hauptsache, man erkannte sie nicht und sie würde anschließend wieder zu einer normalen Frau werden. „Fang an!“

„Eene meene Humpel-Echse, Karla wird zur Schrumpel-Hexe. Hex-hex!“, murmelte Bibi.

Unglücklicherweise sprach Amanda gleichzeitig ihren Rückhexspruch: *„Eene meene Optimist, sei so, wie du immer bist! Hex-hex!“*

Beifall brandete auf und schadenfrohes Gelächter erscholl, als plötzlich eine alte, verschrumpelte Hexe vor ihnen stand. Alle glaubten in diesem Moment, dass Amanda den Mann von Warza in dieses alte Hutzelweib verwandelt hatte. Sie tanzten um die knorrige Gestalt herum und riefen im Sprechchor: „Eduard ist eine Hexe! Eduard ist eine Hexe!“

„Stimmt doch gar nicht!“, meldete sich da Eduard zu Wort. „Hier bin ich doch, Mädels! Hinter euch! Ich hatte mich bloß versteckt!“

Warza winkte ihren Mann zu sich, erteilte ihm neues Sprechverbot und schickte ihn zurück zu den anderen Männern. Aber wenn es nicht Eduard war, wer war dann die fremde Hexe?

„Schnell, Frau Kolumna!“, raunte Bibi der Reporterin zu. „Sagen Sie was! Ihre Tarnung darf nicht entdeckt werden!“

„Hähähä! Hallöchen! Hallöchen!“, krächzte Frau Kolumna so hexisch, wie sie nur konnte. „Zum Gruße, liebe Hexenschwestern! Herzlichen Glückwunsch, liebe Amanda! Ich bin Karla Kolupka, eine Großtante von Bibi!“

Puh! Bibi atmete tief aus. Das war ja gerade noch mal gut gegangen. Die

Reporterin machte ihre Sache nicht schlecht. Hoffentlich hielt sie durch und verplapperte sich nicht.

„Sei mir gegrüßt, Karla!“, sagte Amanda. „Wieso kommst du erst jetzt?“

„Oh, ich hatte einen weiten, weiten Weg!“, knarzte die Karla-Hexe. „Ich komme aus der fernen Walachei, musst du wissen.“

„Bibis Tante? Aus der Walachei? Soso!“ Die alte Mania war wie immer misstrauisch. „Obwohl du wie eine von uns aussiehst, riecht es plötzlich nach Menschenfleisch.“ Sie verzog die Nase und schnüffelte. „Na ja, man kann sich auch mal irren. Also, Karla, dann zeig doch gleich mal, was man bei euch in der Walachei alles kann. Du bist die

Nächste beim Wetthexen ...“, sie machte eine kleine Pause und betonte den Namen besonders deutlich: „Karla Kolupka!“

Das war jetzt aber dumm! Frau Kolumna warf Bibi einen flehentlichen Blick zu, doch die zuckte bedauernd die Schultern. Der Reporterin trat der Angstschweiß auf die Stirn und sie versuchte sich herauszureden.

„Ich … äh ...“, stotterte sie, „bin sehr erschöpft von der langen Reise. Könnte ich nicht später ...“

„Tante Mania!“ Bibi hatte die rettende Idee. „Tante Mania, nach A wie Amanda kommt doch erst B wie Barbara. Eigentlich wäre meine Mami die Nächste. Das K ist noch lange nicht dran im Alphabet.“

Doch das ließ Mania nicht gelten, denn die Hexe Barbara Blocksberg fehlte ja wegen Krankheit. Mania bestand darauf, dass die Hexe aus der Walachei sich jetzt und auf der Stelle an dem Wetthexen beteiligte.

„Nun gut, wenn's denn sein muss!" Frau Kolumna überlegte kurz und sagte dann ihren soeben selbst erfundenen Hexspruch: *„Waschnibatschni, putschi-pitsch, ratschniquatschni, tutschi-tisch. Hex-hex!"*

Schallendes Gelächter und Buh-Rufe ertönten. So einen blöden Hexspruch hatten die Geburtstagsgäste schon lange nicht mehr gehört. Die arme Frau Kolumna wurde regelrecht niedergemacht!

„Was ist denn das für ein Kauderwelsch?", fragte Amanda verärgert. „Und warum tut sich nichts nach deinem Spruch?"

„Das ist meine Muttersprache in der Walachei, eine sehr seltene und schwere Sprache. Die funktioniert wohl hier in der Fremde nicht."

„Das ist aber schade!", beeilte sich Bibi zu sagen. „Tja, da kann man wohl nichts machen. Das hat Großtante Karla nicht wissen können."

Die alte Mania war immer noch misstrauisch. In ihrem ganzen Hexenleben hatte sie noch nicht gehört, dass ausländische Hexsprüche nicht wirkten. Hexsprüche waren doch international! Mit dieser Karla Kolupka stimmte etwas nicht, das konnte man direkt riechen. Aber was?

Der Schwindel fliegt auf

Gerade wollte die Geburtstagsgesellschaft im Alphabet fortfahren, da passierte auch schon, was Bibi die ganze Zeit über befürchtet hatte. Im Schein des Lagerfeuers stand plötzlich keine alte Märchenhexe aus der Walachei mehr, sondern die rasende Reporterin Karla Kolumna von der *Neustädter Zeitung*! Bibis Schrumpel-Hexspruch hatte aufgehört zu wirken.

Die anwesenden Hexen waren sprachlos und starrten mit aufgerissenen Mündern die ungebetene Besucherin an.

„Hallöchen, meine Damen", sagte Frau Kolumna mit einem verlegenen Lächeln. „Könnte ich vielleicht von Ihnen ein Interview ..."

Der Rest des Satzes ging in einem Aufschrei der Empörung unter. Die Hexen fuchtelten wütend mit den Fäusten in der Luft herum und stießen Beschimpfungen aus. Wer weiß, was der völlig verschüchterten Reporterin passiert wäre, wenn Bibi sich nicht schützend vor sie gestellt hätte.

„Bitte regt euch nicht auf!", rief sie und hielt beschwörend die Hände hoch. „Es ist alles nur meine Schuld. Das ist Karla Kolumna. Sie ist keine Hexe, sondern Reporterin."

Nun entlud sich der Ärger der Hexen auch auf Bibi Blocksberg. Die

Empörung der Hexen war groß, es hagelte Vorwürfe und Drohungen. Sogar Hexsprüche wurden gegen sie und Frau Kolumna gerufen.

„Eene meene Trampolin, Bibi kann uns nicht entfliehn! Hex-hex!"

„Eene meene Handumdrehen, hast uns Hexen nie gesehen! Hex-hex!"

„Eene meene Ausverkauf, auf den Fotos ist nichts drauf! Hex- ..."

„Nicht, Warza! Bitte nicht!" Amanda unterbrach die Hexe, die den letzten Spruch begonnen hatte. „Lass mir doch die schönen Geburtstagsfotos!"

„Aber sie ist doch eine Reporterin!", wandte Warza ein. „Stell dir vor, wenn deine schönen Geburtstagsfotos in die Zeitung kommen! Das wäre eine Indiskretion!"

„Genau!“ – „Sehr richtig!“ – „Warza hat Recht!“, riefen die anderen Hexen. Sie waren der gleichen Meinung. Da ergriff die alte Mania das Wort und sofort herrschte Ruhe.

„Hört mir mal zu, ihr Satansbraten!“, sagte sie und wandte sich dann an Bibi. „Junghexe Bibi Blocksberg! Du weißt, dass du heute etwas Verbotenes gemacht hast. Du hast auf den Hexentanzplatz eine Fremde mitgebracht. Und du hast sie auch noch unsichtbar gehext, wo doch Unsichtbarhexen für Jugendliche streng verboten ist. Und ...“, Mania hob die Stimme, „du hast beim Wetthexen, ich will es einmal milde ausdrücken, uns beschummelt! Was hast du dazu zu sagen?“

Bevor Bibi antworten konnte, ergriff Karla Kolumna das Wort.

„Es ist alles allein nur meine Schuld, Frau Mania!“, sagte sie kleinlaut. „Ich habe das arme Kind dazu überredet, dass es mich zu dieser Geburtstagsparty mitnimmt. Bitte bestrafen Sie Bibi nicht!“

Nun, das tat Mania auch nicht, obwohl Bibi ja einen ordentlichen Denkzettel verdient hätte. Aber sie erinnerte sich daran, dass Bibi sie auf dem Hinflug abgeschleppt hatte. Ohne diese Hilfe wäre sie unterwegs liegen geblieben und hätte dieses grandiose Geburtstagsfest nicht mitmachen können. Deshalb schlug Mania vor, Bibi ausnahmsweise zu schonen. Die übrigen Hexen nickten mit den

Köpfen und taten murmelnd ihre Zustimmung kund.

Frau Kolumna fiel ein Stein vom Herzen. Jetzt war ja alles wieder in Ordnung, und vor allem: Sie hatte die sensationellen Fotos vom Wetthexen. Dachte sie. Aber Karla Kolumna hatte die alte Mania unterschätzt.

„Sagen Sie, Frau Kolumna, Sie wollten doch vorhin so gern einmal hexen?" Mania kniff listig ein Auge zu. „Das sollen Sie jetzt haben. Sprechen Sie mir laut und deutlich nach: *Eene meene pitsche-patsch, in der Zeitung steht nur Quatsch!*"

Die Reporterin druckste herum und wand sich, aber Mania blieb eisern. Schweren Herzens sprach also Karla Kolumna den Hexspruch nach.

„Und jetzt: *Eene meene Affendreck, Zeitungsfotos weißer Fleck!*“

„Nein! So etwas sage ich nicht!“, weigerte sich Frau Kolumna. „Das kriege ich nicht über meine Lippen!“

„Sie müssen aber!“, drängte Bibi. „Tante Mania verhext Sie sonst in etwas ganz Schreckliches!“

Seufzend gab Karla Kolumna nach. Sie sagte den Affendreck-Spruch und anschließend gemeinsam mit Mania ein kleinlautes „*Hex-hex*!“. Damit war alles rückgängig gemacht worden und es gab keinen Beweis dafür, dass die rasende Reporterin aus Neustadt an einer Hexen-Geburtstagsparty auf dem Blocksberg teilgenommen hatte. Das war natürlich jammerschade, aber Frau Kolumna tröstete sich: Lieber keine

Fotos für ihre Zeitung als verhext zu werden!

Nach diesem aufregenden Zwischenfall wurde noch tüchtig gefeiert und das Wetthexen ging weiter, bis im Osten das erste Morgenrot zu sehen war. Dann bestieg eine Schar müder, aber zufriedener Hexen ihre Besen, verabschiedete sich voneinander, bedankte sich bei Amanda und flog in alle Himmelsrichtungen davon. Bibi und die wieder sichtbare Karla Kolumna nahmen auf Kartoffelbrei Platz und machten sich auf den Rückweg nach Neustadt.

„Kindchen!" Die Reporterin gähnte herzhaft, als sie wieder ihren Balkon betreten hatte. „Ich bin total fertig. Ich will jetzt bloß mein weiches Bett!"

Das weißeste Weiß

Erst gegen Mittag erwachte Bibi aus ihrem tiefen Schlaf. Ihr Magen knurrte und sie verspürte einen gewaltigen Frühstücksappetit. Rasch zog sie sich an und eilte hinunter ins Wohnzimmer, wo ihre Eltern noch gemütlich beim Kaffee saßen. Nachdem Bibi ihren ersten Hunger gestillt hatte, musste sie natürlich erzählen.

„Mami! Papi! Es war einfach super. Alle Hexen haben Beifall geklatscht, als ich mit dem Wetthexen dran war. Ach, ja, und von Mania und Tante

Amanda soll ich euch natürlich schön grüßen."

„Was hast du denn Schönes gehext?", fragte ihr Vater.

„Och, nichts Besonderes", meinte Bibi und machte eine wegwerfende Handbewegung.

„Interessant", meinte Herr Blocksberg ein wenig ironisch. „Und deshalb haben sie geklatscht?"

„Nein, nein", räumte Bibi ein, „sie haben geklatscht, weil ich einen Fotoapparat habe tanzen lassen."

„Einen Fotoapparat! Das ist ja toll!", meinte ihre Mutter bewundernd. „Und wo war während dieser Zeit Karla Kolumna?"

„K-Karla? W-wieso?" Bibi stotterte und bekam einen roten Kopf. „Wie kommst du denn auf Frau Kolumna, Mami?“

„Nun“, Frau Blocksberg hüstelte sehr auffällig, „ich denke, wir beide wissen schon, wovon die Rede ist.“

„He! Moment mal!“, protestierte da Herr Blocksberg. „Ich will auch wissen, was los ist! Wovon ist denn hier die Rede? Habt ihr schon wieder ein Geheimnis?“

„Allerdings, Schätzchen!“, gab seine Frau zur Antwort und warf ihrer Tochter einen verschwörerischen Blick zu. „Ein Hexengeheimnis!“

„Von mir aus!“, brummelte Herr Blocksberg. Gegen zwei Hexen auf einmal kam er sowieso nicht an. „Wenn es mit dieser Karla Kolumna zusammenhängt, dann will ich es gar nicht wissen. Über diese Frau habe ich mich heute früh schon genug geärgert. Was die wieder in ihrer Zeitung geschrieben hat, ist ja der absolute Schwachsinn!"

„Was hat sie denn geschrieben, Papilein?", fragte Bibi und setzte ihren unschuldigsten Blick auf.

„Da! Seht euch doch bitte das mal an!" Bernhard Blocksberg fuchtelte mit der Zeitung in der Luft herum und knallte sie dann wütend auf den Tisch. „Da, auf der ersten Seite! Ein großer, weißer Fleck. Und wisst ihr, was diese Frau darunter geschrieben hat? Nein? Dann hört mal gut zu: ‚Liebe Leserinnen und Leser! Solch einen schönen weißen Fleck wie auf der heutigen Titelseite haben Sie sicherlich noch nie gesehen. Er ist so weiß, dass es fast blendet. Und das ist es eben, was wir heute so vermissen – ein blendendes Weiß! Ich weiß, dass weiß nicht weiß ist, aber Ihre Phantasie kann es sich sicher vorstellen. Tauchen Sie deshalb heute ein in Ihr ganz persönliches Weiß'!"

Herr Blocksberg blickte von der Zeitung auf und schaute Frau und Tochter empört an. Doch die beiden teilten seine Empörung keinesfalls. Sie lachten und feixten und blinzelten sich zu.

„Also, ich finde das überhaupt nicht witzig!" Auf Bernhard Blocksbergs Stirn erschien eine steile Zornesfalte. „So etwas Hirnrissiges. Wer will denn die Löcher von einem Schweizer Käse

in der Zeitung abgebildet sehen? Alles Käse! Wenn das so weitergeht, bestelle ich das Käseblatt ab. Jawohl!"

Bibis Vater tat es natürlich nicht, denn die Berichte und Fotos von Frau Kolumna in der *Neustädter Zeitung* waren immer interessant und sensationell. Morgen oder spätestens übermorgen würde sie bestimmt wieder einen flammenden Artikel gegen die Verschwendungssucht des Herrn Bürgermeisters schreiben. Darauf freute sich Herr Blocksberg jetzt schon.

Zu einem ordentlichen Frühstück gehörte einfach der Leitartikel der rasenden Reporterin Karla Kolumna!

Bibi Blocksberg™

Der Wetterfrosch

Nach Ulli Herzog

Papi ist schlechter Laune!

Das gemeinsame Frühstück mit seiner Frau und seiner Tochter gehörte für Bernhard Blocksberg einfach dazu, bevor er ins Büro ging. Er konnte in Ruhe die Morgenzeitung durchblättern, ein krachend-frisches Butterbrötchen essen und dazu ein bis zwei Tassen Kaffee trinken. Das stimmte ihn richtig froh für den langen und anstrengenden Arbeitstag.

Heute jedoch war Herr Blocksberg schon seit dem Aufstehen schlecht gelaunt. Warum nur? Niemand wusste es. Weder Mutter Barbara noch Bibi.

Vielleicht war er ja mit dem linken Bein zuerst aufgestanden oder hatte beim Rasieren ein langes, blondes Haar von Tochter Bibi im Waschbecken entdeckt. So etwas konnte er auf den Tod nicht ausstehen.

Doch Bibi kannte natürlich ein paar kleine, aber wirksame Tricks, wie sie ihren Vater gnädig stimmen konnte.

„Soll ich dir deine Zeitung herbeihexen, Papilein?“, fragte sie ganz lieb. Gerade hatte sie nämlich gehört, dass der Zeitungsjunge ein druckfrisches Exemplar der *Neustädter Zeitung* in den Briefkasten gesteckt hatte.

„Ja, gern. Danke“, kam mürrisch die Antwort.

„Eene meene Frühstücksei, Tageszeitung flieg herbei! Hex-hex!“, rief Bibi

vergnügt und streckte die Arme nach vorne. Das „Hex-Plingpling" ertönte, Sternchen flimmerten und schon kam die Zeitung zum Fenster hereingesegelt und landete neben Herrn Blocksbergs Kaffeetasse.

„Wenn du schon mal am Hexen bist, dann hätte ich gern zwei geschmierte Brötchen!", brummelte er, nun schon ein klein wenig besser gelaunt.

„Sofort, Papi! Gern! *Eene meene Hasenpfötchen, hier sind leckre Honigbrötchen! Hex-hex!*"

Sogleich hüpften zwei knusprige Brötchen aus dem Korb auf den Teller und teilten sich in zwei Hälften. Ein Messer hob sich von der Tischplatte und strich eifrig Butter und dann Honig auf die Brötchenhälften. Fertig!

Genüsslich nahm Herr Blocksberg einen großen Bissen und griff dann zur Zeitung. Doch schon beim Überfliegen der ersten Seite verzog er ärgerlich das Gesicht. Zwei tiefe Falten erschienen auf seiner Stirn.

„Ist ja toll! Wieder mal was Neues vom Herrn Bürgermeister, dem gewichtigen Dr. Dr. Bruno Pressak!“, brummelte er. „Lässt der sich doch glatt ein Denkmal von unseren Steuergeldern errichten! Unverschämtheit! Aber Karla Kolumna hat es ihm in ihrem Artikel tüchtig gegeben. Bravo! Gar nicht schlecht, die Frau!“

Dann blätterte er weiter. Als er auf der letzten Seite war, studierte er den Wetterbericht. Was er da aber zu lesen bekam, machte ihn richtig wütend.

„Unglaublich, was hier steht! Das Wetter für heute und morgen: Sonnenschein, nur leicht bewölkt, sommerliche Temperaturen bis 33 Grad im Schatten."

„Ist doch toll!", meinte Bibi vergnügt und biss in ihr Brötchen, dass es krachte. „Da kriegen wir bestimmt hitzefrei in der Schule. Bloß mein Papilein wird leider im Büro schwitzen müssen!"

„Dein Papilein muss überhaupt nichts!", knurrte Herr Blocksberg. Er hatte es gar nicht gern, wenn man ihn daran erinnerte, wie heiß es in seinem Büro werden konnte.

„Außerdem, mein liebes Kind, haben wir Mai und draußen regnet es. Von 33 Grad im Schatten kann keine Rede sein. Ich möchte bloß wissen, wer wieder solchen Unsinn verzapft hat."

Bibi blickte zum Küchenfenster hinaus. Papi hatte Recht. Es sah nicht nach hitzefrei aus. Im Gegenteil. Es war grau und regnete. Kein Wunder, dass sich Papis Laune nicht besserte.

„So ein Mist aber auch!", brummelte Bibi. „Sag mal, Mami, kann ich nicht einfach hexen? Ich habe keine Lust durch den Regen in die Schule zu fliegen! Oder noch besser: Papi nimmt mich im Auto mit."

Sie warf ihm einen bettelnden Blick zu.

„Würdest du das für deine kleine Bibi tun, Papilein?", säuselte sie.

„Nein, mein Kind!" Bernhard Blocksberg schüttelte energisch den

Kopf. „Andere Kinder werden wegen so ein paar kleiner Regentröpfelchen auch nicht von ihren Eltern in die Schule gefahren. Sei nicht so zimperlich! Als ich noch ein kleiner Junge war, bin ich auch bei jedem Wetter zur Schule gelaufen."

„Meine Güte, Bernhard! Was ist denn mit dir heute los?" Seine Frau schaute ihn fragend an. „Bloß, weil der Bürgermeister ein Denkmal von sich hat aufstellen lassen und der Wetterbericht einmal falsch ist? Deshalb machst du gleich so einen Aufstand?"

„Einmal? Das geht jetzt schon seit sechs Tagen so!", schimpfte Herr Blocksberg weiter. „Immer heißt es, die Wolken hätten sich verzogen und die Sonne würde vom blauen Himmel strahlen. Sechsmal hintereinander war der Wetterbericht falsch. Ich dürfte mich im Büro nicht sechsmal hintereinander irren, meine Damen! Da hätte ich längst meine Kündigung auf dem Tisch."

„Dann nimmst du mich also nicht in deinem Auto mit?", fragte Bibi kleinlaut. Als ihr Vater energisch den Kopf schüttelte, wandte sie sich an ihre Mutter.

„Vielleicht gibt es ja so etwas wie einen Trockenfliege-Spruch für Regenwetter. Weißt du einen, Mami?"

Ja, ihre Mutter wusste einen. So ein Glück aber auch. Vergnügt frühstückte Bibi zu Ende und machte sich dann für die Schule fertig. Draußen regnete es noch immer in Strömen, aber das

konnte ihr jetzt egal sein. Sie nahm ihren Hexenbesen und trat vor die Tür.

„Eene meene Haar und Socken, alles bleibt im Regen trocken! Hex-hex!", rief sie. Im Nu hatte Kartoffelbrei einen gestreiften Regenschutz erhalten, unter dem Bibi wie in einem Strandkorb saß. Das war super!

Ach, wie gut, dass sie eine erfahrene Hexe zur Mutter hatte, die wusste eben immer Rat. Sollte sich Papi ruhig im Auto durch den Berufsverkehr quälen. Ein Flug auf Kartoffelbrei war doch viel, viel schöner!

Eine vergnügliche Mathestunde

Als Bibi auf ihrem Kartoffelbrei im Schulhof zur Landung ansetzte, hatte der Regen zum Glück aufgehört. Die meisten Kinder waren schon in das Schulgebäude hineingegangen, nur noch ein paar Nachzügler eilten in ihren Regenjacken und Anoraks der großen Eingangstür zu.

Auch Bibi wollte sich ihnen eilig anschließen, damit sie nicht zu spät ins Klassenzimmer kam. Da entdeckte sie ihre Freundin Marita, die am Rand des Schulhofs vor einem Busch hockte und eifrig mit einem Stöckchen zwischen den Blättern herumstocherte. Neugierig trat Bibi näher.

„Hallo, Marita! Suchst du was? Hast du was verloren?“, fragte sie.

„Nein, aber ich habe da im Laub was herumwuseln sehen. Ich möchte bloß wissen, was das ist!“

„Vielleicht war es ein Frosch oder eine Eidechse. Die mögen so ein Mistwetter“, meinte Bibi. „Aber das werden wir gleich sehen.“

Sie ging in die Hocke und tastete mit den Händen in den Blättern herum.

„Nicht anfassen, sei lieber vorsichtig!“ Marita trat ängstlich einen Schritt zurück. „Es könnte ja auch eine Giftschlange sein!“

„Ach was, eine Schlange hüpft doch nicht!“, erwiderte Bibi. Sie nahm

Marita das Stöckchen aus der Hand und hob ganz, ganz vorsichtig einen der untersten Zweige hoch. Ein kleiner grüner Frosch kam zum Vorschein. Er glotzte die Mädchen mit seinen starren Augen an, blies die Backen auf und gab ein leises „Quack!“ von sich.

„Ooooch! Ist der süß!“

Bibi nahm das kleine Kerlchen vorsichtig hoch und setzte es auf ihre flache Hand. Der Frosch schien keine Angst zu haben, denn er hüpfte nicht weg. Die beiden Mädchen sahen ihn sich genauer an.

„Guck doch nur, der hat ja einen kleinen goldenen Ring am rechten Hinterbein“, stellte Marita erstaunt fest. „Dann gehört er bestimmt jemandem.“

„Meinst du?“, fragte Bibi. „Wem könnte er denn gehören?“

„Keine Ahnung“, sagte Marita. „Aber schau doch mal genau hin, Bibi. Im Ring sind zwei winzige Buchstaben eingraviert. Ein F und ein H. Was könnte das heißen?“

„Keine Ahnung!“ Bibi zuckte mit den Schultern. „Vielleicht ist er verhext und in Wirklichkeit ein verzauberter Prinz? Soll ich ihn mal küssen?“, fügte sie kichernd hinzu.

„Igitt! Bloß nicht!“

Marita schrak zurück. Doch Bibi ekelte sich nicht vor dem putzigen Fröschlein. Sie näherte sich ihm, spitzte die Lippen und hauchte einen zarten Kuss in die Luft. Der Frosch machte ein kleines, rundes Mäulchen

und schien den Kuss zu erwidern. Ein paar Sekunden verstrichen, doch nichts geschah. Kein junger, schöner Prinz stand vor ihnen.

„Dann bist du nicht verzaubert, sondern ein echter Frosch!“, stellte Bibi fest. „Wir werden dich behalten, Kleiner, und dir einen Namen geben. Wie wär's mit ‚Fridolin‘?“

Der Frosch gab keine Antwort, demnach schien er mit dem Namen einverstanden zu sein. Auch Marita fand „Fridolin“ nett und so blieb es dabei.

In diesem Moment klingelte es das zweite Mal zum Unterricht. Marita und Bibi nahmen schnell ihre Schultaschen in die Hand und eilten mit Fridolin in ihr Klassenzimmer.

In der ersten Stunde hatten sie Mathe bei der strengen Frau Müller-Riebensehl. Die Lehrerin war eine recht altmodische Dame, trug zumeist ein bis zum Hals zugeknöpftes Kleid und hatte die Haare zu einem Knoten hoch gesteckt.

Als Bibi und ihre Freundin Marita das Klassenzimmer betraten, war Frau Müller-Riebensehl schon damit beschäftigt, eine Menge Zahlen an die Tafel zu schreiben. Sie blickte die beiden Nachzüglerinnen missbilligend über den Rand ihrer Brille an.

„Natürlich! Bibi Blocksberg und Marita Kellermann! Wieder einmal zu spät!", schimpfte sie. „Die Schülerinnen und Schüler haben sich bereits beim ersten Klingelzeichen in ihrem

Klassenzimmer einzufinden. Das gilt für alle, merkt euch das!“

Bibi und Marita machten einen artigen Knicks und murmelten ein leises „Entschuldigung, Frau Müller-Riebensehl. Es soll nicht wieder vorkommen!“

Bibi, die das Fröschlein Fridolin hinter dem Rücken versteckt hielt, wollte sich auf ihren Platz begeben, aber die Lehrerin hielt sie zurück.

„Bibi Blocksberg! Wie heißt es doch so schön? Die Letzten werden die Ersten sein! Du hast sicher mit deiner Freundin Marita vor der Schule noch einmal deine Hausaufgaben wiederholt, nicht wahr? Dann kannst du gleich hier bleiben und an der Tafel rechnen.“

Bibi verzog das Gesicht. Das passte ihr jetzt gar nicht in den Kram. Wo sollte sie Fridolin hintun? Zum Glück hatte sich Frau Müller-Riebensehl bereits wieder der Klasse zugewandt. Bibi machte ein paar Schritte zur Tafel und setzte den Frosch in den Kasten für den Tafelschwamm.

„Fräulein Blocksberg wird uns jetzt das Multiplizieren von dreistelligen Zahlen vorführen“, sagte die Lehrerin mit dem Rücken zu Bibi. „Also schreib: 777 mal 777.“

Die kleine Hexe schrieb die Zahlen hin, zog langsam und sorgfältig einen Strich darunter und versuchte Zeit zu gewinnen. Zu dumm, gerade das große Einmaleins mit 7 war nicht ihre Stärke.

Während Bibi halblaut vor sich hin rechnete, war es Fridolin in seinem Schwammkästchen langweilig geworden. Er ließ seine Augen hin und her wandern und gab plötzlich ein deutliches „Quack!“ von sich. Die Kinder in der Klasse prusteten los, Frau Müller-Riebensehl drehte sich mit rotem Kopf nach Bibi um.

„Hast du etwas gesagt, Bibi Blocksberg?“, fragte sie spitz. „Passt dir etwas an meinem Unterricht nicht?“

„Nichts ..., äh ...“ Bibi gab sich Mühe, nicht ebenfalls laut zu lachen. „Nein, ich habe nur ...“

„Quack! Quack! Quaaaack!“

Fridolin blies die Backen auf, setzte zum Sprung an und hüpfte elegant auf den Kopf des Skeletts, das neben der

Tafel stand. Frau Müller-Riebensehl gab nämlich auch Biologie und der menschliche Knochenbau war eines ihrer Lieblingsthemen im Unterricht.

Fridolins Sprung war so stark gewesen, dass das Skelett zu wackeln anfing. Die Kinder kreischten und johlten vor Begeisterung. Bevor die Lehrerin noch wusste, was geschah, hatte Fridolin seinen luftigen Platz schon wieder verlassen und war auf das Lehrerpult gesprungen. Dort setzte er sich gemütlich auf das Klassenbuch.

„E-eine K-kröte!", kreischte Frau Müller-Riebensehl. „Auf meinem Pult sitzt eine Kröte!"

„Das ist ein Frosch", erklärte Bibi freundlich. „Wenn Sie ‚Kröte' zu ihm sagen, ist er bestimmt beleidigt."

„Von mir aus auch ‚Frosch'. Aber wie kommt der hierher?" Frau Müller-Riebensehl blickte Fridolin entgeistert an. „Das Leben der Frösche steht noch gar nicht auf dem Stundenplan! Das kommt doch erst nächste Woche dran."

„Das ist mein Wetterfrosch!", gab Bibi lachend zur Antwort. „Den habe ich immer dabei, damit ich weiß, ob es regnen wird oder nicht. Wollen Sie mal sehen, was er kann?"

Bevor die Lehrerin widersprechen konnte, begann Bibi auch schon zu hexen: *„Eene meene ungelogen, zeig uns einen Regenbogen! Hex-hex!"*

Das „Hex-Plingpling" ertönte, Sternchen blitzten und schon saß Fridolin unter einem bunten Regenbogen.

Der Frosch warf sich in die Brust und quakte stolz.

„Sonne! Regen! Sonne! Quak!“, sagte er laut und deutlich. Dann machte er einen großen Satz, sprang in das Waschbecken und von dort auf den Haarknoten von Frau Müller-Riebensehl. Die kreischte auf.

„Hilfe! Er hat mich angesprungen! Das ist ja ungeheuerlich! Allmächtiger, mir wird ganz schlecht!“

„Hihihi!“ Bibi kicherte. „Wenn er ein verzauberter Prinz wäre, würde er jetzt sagen: ‚Küss die Hand, schöne Frau!‘“

Frau Müller-Riebensehl schien einer Ohnmacht nahe zu sein. Sie war kreidebleich und schwankte gefährlich. Beinahe wäre sie rückwärts dem

Skelett in die Arme gefallen. Nun fand Bibi, dass es für heute genug war mit den Scherzen.

Sie schaute ihrer Lehrerin tief in die Augen.

„Eene meene Tintenfleck", sagte sie beschwörend, *„die Erinnerung ist weg! Hex-hex!"*

Und so passierte es dann auch. Frau Müller-Riebensehl wusste nicht mehr, was in den letzten Minuten passiert war. Sie blickte sich für einen Augenblick verwirrt um, zog dann ihr Kleid glatt und rückte ihren Haarknoten zurecht.

„Entschuldigt, Kinder, ich war gerade nicht ganz bei der Sache", sagte sie. „Wo waren wir stehen geblieben? Ach ja, beim Multiplizieren mit dreistelligen Zahlen. Moni, komm doch gleich mal an die Tafel. Und du, Bibi Blocksberg, setz dich bitte wieder auf deinen Platz. Ich rufe dich auf, wenn du nach vorne kommen sollst.“

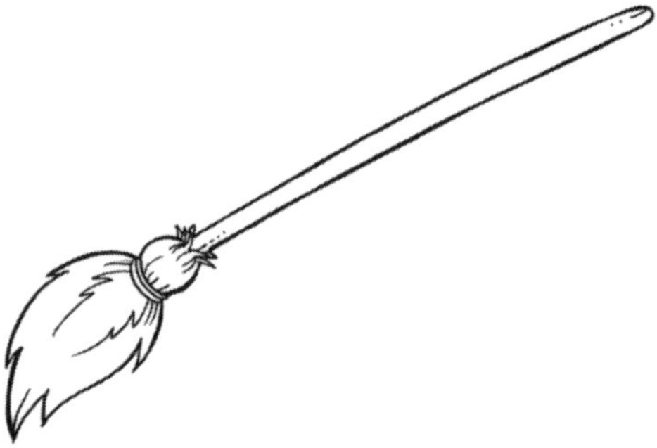

Karla mischt sich ein

Herr Bürgermeister Dr. Dr. Bruno Pressak hatte natürlich auch die Morgenzeitung gelesen. Zuerst war er hocherfreut, als er das Foto von sich und seinem Denkmal auf der ersten Seite abgebildet sah, aber dann las er Karla Kolumnas Kommentar – und war höchst empört!

Die Zornesröte stieg ihm ins Gesicht und er läutete energisch nach seinem Sekretär Pichler. Er befahl ihm, ihn sofort in die Redaktion der *Neustädter Zeitung* zu fahren. Dort stürmte der Bürgermeister auf schnellstem Weg in

Karlas Büro. Er klopfte nicht einmal an, riss die Tür auf und knallte wütend die Zeitung auf den Schreibtisch der Reporterin. Dann baute er sich drohend vor ihr auf.

„Jetzt reicht es mir, Frau Kolumna! Dieses Geschmiere gegen mich und mein Denkmal wird Folgen für Sie haben. Mich stürzen Sie nicht vom Sockel! Sie nicht! Ich kann dafür sorgen, dass Sie ganz schnell ..."

„Nun halten Sie mal die Luft an, Bürgermeisterchen!" Karla Kolumna unterbrach ihn mit einer energischen Handbewegung. „Sie müssen sich gar nicht künstlich aufregen. Die Presse hat die Aufgabe, die öffentliche Verwaltung zu kontrollieren und wenn es sein muss, auch zu kritisieren.

Letztes Jahr war der Stadtsäckel angeblich leer und Sie hatten keinen Pfennig übrig für den Kindergarten in der Hochhaussiedlung. Aber für ein Standbild für Ihre Kugeligkeit ist plötzlich Geld vorhanden!"

„Mein Name ist Dr. Pressak!" Der Bürgermeister hatte es gar nicht gern, wenn sich jemand über ihn lustig machte. „Das ist alles erstunken und erlogen, was Sie da sagen. Aber Sie nehmen es in Ihrem Käseblatt ja nie so genau. Da stimmt ja nicht mal der Wetterbericht!"

Frau Kolumna blickte zum Fenster hinaus und schwieg betreten. Herr Pressak hatte leider Recht. Draußen regnete es schon wieder und in der *Neustädter Zeitung* von heute war schönes Wetter angekündigt worden. Peinlich, peinlich!

„Und außerdem", der Bürgermeister war jetzt richtig in Fahrt gekommen, „wurde der Kindergarten von mir mit einer erheblichen privaten Sachspende bedacht!"

„Ja, mit einem gebrauchten ‚Mensch, ärgere dich nicht'-Spiel", murmelte Karla. Aber das hörte der dicke Bürgermeister schon nicht mehr, denn er war bereits beleidigt aus dem Zimmer gestürmt.

Einen Augenblick lang blickte die Reporterin grübelnd aus dem Fenster, dann fasste sie einen Entschluss: Mit dem Wetterbericht ging das wirklich nicht so weiter, es musste etwas geschehen! Sie schloss ihren Schreibtisch ab, hängte sich den Fotoapparat über die Schulter und verließ ihr Büro.

Eine Viertelstunde später war sie vor einem großen, leicht verwilderten Grundstück angekommen. An dem Torpfosten war ein Schild mit der Aufschrift **WETTERSTATION** angebracht. Zwischen hohen Bäumen befand sich ein altes Haus, das auch schon bessere Zeiten gesehen hatte. Die Farbe an den Hauswänden blätterte an einigen Stellen ab, die meisten Fensterscheiben waren grau und blind und eine Scheibe hatte einen großen Sprung. Karla parkte ihren Motorroller vor dem Haus und ging hinein. Im ersten Stock befand sich das Arbeitszimmer von Professor Hagelkorn, dem Leiter der Wetterstation. Der Raum war voll mit alten Möbeln und noch älteren Instrumenten und überall an den Wänden hingen vergilbte Landkarten. Eine richtige Studierstube!

Der Professor, ein alter Herr mit weißen Haaren und einem weißen Schnauzbart, saß hinter einem mächtigen Schreibtisch, auf dem sich Berge von Papier türmten und ließ trübsinnig den Kopf hängen.

„Das sind ja katastrophale Zustände hier bei Ihnen in der Wetterstation, Herr Professor", sagte Karla Kolumna tadelnd und blickte sich missbilligend in dem Zimmer um. „Mit all diesem Gerümpel arbeiten Sie?"

Sie betrachtete argwöhnisch ein uraltes Barometer an der Wand, mit dem der Luftdruck gemessen wurde. Der Zeiger des Geräts deutete auf ein Sonnensymbol, aber als die Reporterin leicht mit dem Finger dagegentippte, sprang der Zeiger auf das Symbol für Regen, der Glasdeckel fiel ab und zersprang auf dem Boden in tausend Scherben.

„Mit dem ollen Klumpatsch wollen Sie das Wetter vorhersagen?“ Die Reporterin schüttelte betrübt den Kopf. „Professorchen! Professorchen! Unter solchen Bedingungen kann doch niemand exakt arbeiten!“

„Ich weiß, Frau Kolumna, ich weiß!“ Der Professor zuckte mit den Schultern und schniefte traurig. „Alle meine Geräte hier sind uralt und teilweise völlig unbrauchbar. Aber er genehmigt mir keine neuen. Ich habe schon angerufen, aber er ist nicht zu sprechen. Ich habe ihm immer wieder Briefe geschickt, aber er beantwortet sie nicht. Ich habe ..."

„Wer ist er?"

„Der Herr Bürgermeister Dr. Bruno Pressak."

„Der Bürgermeister! Natürlich! Mein Lieblingsfeind mal wieder!", empörte sich Karla Kolumna. „Na, den werde ich mir vorknöpfen! Ich schreibe noch heute einen flammenden Artikel über die katastrophalen Zustände unserer Wetterstation. Das ist eine Zumutung. Jawohl, eine Zumutung ist das!"

Sie holte ihre Kamera hervor und fotografierte alles. Dabei redete sie ununterbrochen weiter. „Unglaublich!

Unglaublich! Jetzt verraten Sie mir bloß mal, wie Sie überhaupt zu Ihren Wettervorhersagen kommen, liebes Professorchen? Gehen Sie raus in den Garten und halten Sie den Finger in den Wind oder was?"

Professor Hagelkorn schüttelte den Kopf. Er griff ohne eine Antwort zu geben in eine Schublade seines Schreibtisches und nahm ein Buch heraus. Er hielt es Karla Kolumna hin, die neugierig den Titel auf dem Umschlag las und dann das Buch aufschlug.

„Soso, ein Lexikon der Bauernregeln verwenden Sie also. Interessant. Na, dann schauen wir mal, was da so alles drinsteht. Aha, hier: *Wenn morgens der Hahn kräht auf dem Mist, ändert sich's*

Wetter oder es bleibt wie's ist. Wirklich sensationell!"

Sie blickte den Professor belustigt über den Rand ihrer Brille an und las dann weiter.

„*Wenn die Köchin auf die Zwiebel weint, am nächsten Tag die Sonne scheint.* Nein! Das gibt's ja gar nicht! Hahaha!"

Karla Kolumna platzte los vor Lachen, Professor Hagelkorn aber bekam einen roten Kopf und blickte verschämt zur Seite. Es war ihm schrecklich peinlich, dass die Reporterin nun sein Geheimnis wusste.

„Aber jetzt mal im Ernst", Frau Kolumna blickte ihm gerade in die Augen, „was ist passiert, Herr

Professor? Bis vor ein paar Tagen haben Ihre Vorhersagen doch immer gestimmt. Was ist denn plötzlich los?"

„Nun, das ist schwer zu erklären", antwortete Professor Hagelkorn. Er stand auf, machte ein paar Schritte zum Fenster und lehnte sich mit dem Rücken dagegen. So verdeckte er ein großes, leeres Glas mit einer kleinen Leiter. Ein Wetterfroschglas! „Es ist nur so, dass ich auf das Buch mit den Wetterregeln angewiesen bin, weil er nicht mehr da ist. Ich meine, wenn er wiederkommt, dann ..."

„*Er*? Wer ist denn dieser *er* jetzt wieder?"

„Das, meine sehr verehrte Frau Kolumna, möchte ich nicht sagen."

Damit war für ihn das Thema

erledigt. Mehr war aus ihm nicht herauszubekommen. Karla Kolumna bedrängte ihn nicht weiter, sondern verabschiedete sich. Sie versprach aber noch hoch und heilig, dafür zu sorgen, dass der Professor endlich neue Messinstrumente bekäme. Dann verließ sie die Wetterstation und machte sich auf den Weg in die Redaktion der *Neustädter Zeitung*. Sie wollte gleich mit ihrem neuen Bericht beginnen.

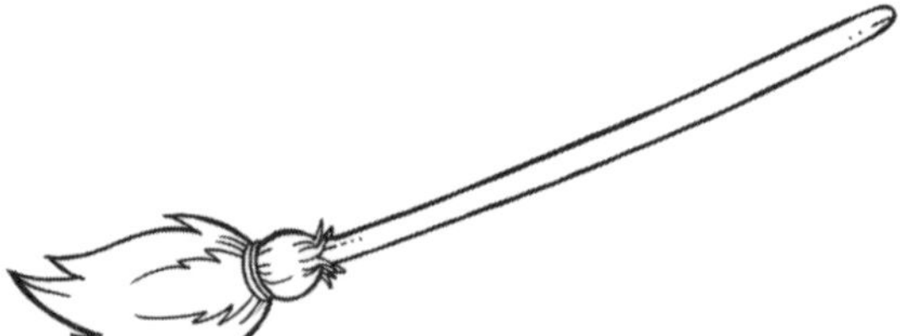

Fridolin wird ein echter Wetterfrosch

Ihre Fahrt führte sie an der Schule vorbei. Sie ließ die Schulkinder am Zebrastreifen über die Straße gehen und wollte gerade weiterfahren, als sie in einer Gruppe von Kindern Bibi Blocksbergs blonden Haarschopf sah. Karla Kolumnas Reporterinnenherz begann zu hüpfen. Das war ein untrügliches Zeichen dafür, dass wieder eine sensationelle Story in der Luft lag.

Bibi stand breitbeinig da, hielt einen grasgrünen Frosch in der Hand und sagte gerade einen Hexspruch: *„Eene* *meene trüb und heiter, hier steht ein Glas mit einer Leiter! Hex-hex!"*

Buffff! Schon stand ein hohes Marmeladenglas mit einer putzigen kleinen Leiter vor den Kindern auf der Erde. Bibi setzte ihren Fridolin vorsichtig hinein. Der Frosch blieb auf dem Boden des Glases hocken und bewegte sich nicht.

„Nun mach schon, mein Süßer", sagte Bibi aufmunternd. „Zeig, was du kannst."

„Genau!", pflichtete ihr Marita bei. „Wir wollen sehen, ob du wirklich ein Wetterfrosch bist."

Aber Fridolin klapperte nur mit den Augendeckeln, guckte freundlich und machte leise: „Quaaak!"

„Hallöchen! Hallöchen!", ließ sich

plötzlich eine bekannte Stimme hinter ihnen vernehmen. „Was habt ihr denn da für einen putzigen Frosch? Ist euch der in der Bio-Stunde ausgebüxt?“

„Nein, Frau Kolumna!“, antwortete Bibi lachend. „Das ist mein Wetterfrosch. Er heißt Fridolin!“

„Quak!“, sagte Fridolin. Die Reporterin schien ihm zu gefallen, denn er begann langsam die kleine Leiter hochzusteigen.

„Er klettert hoch! Er klettert hoch!“, rief Marita aufgeregt. „Das heißt, das Wetter wird schön! Hurra!“

Und tatsächlich! In dem Moment, als Fridolin mit seinem rechten Vorderbein die erste Sprosse berührt hatte, rissen die grauen Regenwolken auf. Dann hatte der Frosch die oberste

Sprosse erreicht und lugte neugierig über den Rand seines Glases. Jetzt waren am Himmel große blaue Stellen zu sehen und die Sonne strahlte herab. Bibi strahlte ebenfalls, nahm Fridolin vorsichtig aus seinem Glas heraus und blickte sich stolz in der Runde um.

„Das ist ja sen-sa-tio-nell!" Karla Kolumna zückte eilig ihren Fotoapparat. „Huhu! Bibi! Fridolin! Bitte lächeln! Hier ist das Vögelchen!"

Während sie von den beiden eine Reihe von Fotos machte, plapperte Frau Kolumna munter weiter: „Hach, Kindchen! Mir kommt da gerade eine wundervolle Idee! Wir machen deinen Freund Fridolin zum Mitarbeiter der *Neustädter Zeitung*. Das wäre doch die Sensation! Er kommt jeden Tag auf die

Titelseite. Fridolin, der Wetterfrosch! Wie findest du das, Kindchen?“

„Wenn Sie meinen, Frau Kolumna?“ Bibi war ein bisschen geschmeichelt. „Bitte, gern, aber Fridolin bleibt bei mir!“

„Aber natürlich, Bibilein“, versicherte die Reporterin. „Du musst Fridolin gar nicht aus der Hand geben. Weißt du was? Ich rufe dich jeden Tag an und du sagst mir, auf welcher Sprosse der Leiter dein Frosch sitzt. Wenn es klappt, dann springt dabei auch ein kleines Taschengeld für dich heraus. Abgemacht?“

Bibi nickte und wollte noch etwas sagen, aber da war Karla Kolumna schon wieder auf dem Sprung. Sie winkte den Kindern freundlich zu, rief

„Tschüsschen!“ und weg war sie um die nächste Straßenecke.

Nun wurde es auch für Bibi Zeit. Mami wartete bestimmt schon mit dem Mittagessen.

Sie rief Kartoffelbrei mit einem Hexspruch zu sich. Dann setzte sie Fridolin behutsam vor sich auf den Besenstiel und klemmte sich das Glas unter den Arm.

„Na, dann wollen wir mal, Fridolin“, sagte sie. „Du möchtest doch sicher dein neues Zuhause kennen lernen. Also gut festhalten, mein Kleiner! *Eene meene mei, flieg los, Kartoffelbrei! Hex-hex!*“

Fridolin und Vater Blocksberg

Bibi setzte zu Hause ihren Wetterfrosch in sein Glas, stellte das Glas auf den Wohnzimmertisch und sagte: „Fridolin, darf ich vorstellen? Das ist meine Mutter Barbara, eine berühmte Hexe. Mami, das ist Fridolin, mein Wetterfrosch. Ich hoffe, ihr beiden vertragt euch!“

Frau Blocksberg betrachtete das kleine grüne Kerlchen amüsiert und zwinkerte Fridolin zu. Fridolin legte den Kopf schief und blinzelte dann vorsichtig zurück. Frau Blocksberg lachte.

„Also, ich finde, er sieht richtig sympathisch aus. Außerdem mögen Hexen Frösche.“

„Du magst ihn also auch? Ja?“ Bibi strahlte. „Dann darf ich ihn behalten, Mami?“

„Von mir aus. Ich bin allerdings gespannt, was Papi zu deinem Fridolin sagen wird. Den ärgert zur Zeit ja schon die Fliege an der Wand.“

„Dafür haben wir ja jetzt Fridolin“, meinte Bibi kichernd. „Fridolin fängt alle Fliegen in der Wohnung weg.“

„Fridolin? Welcher Fridolin, wenn ich fragen darf?“, ertönte plötzlich eine männliche Stimme.

Bibi und ihre Mutter fuhren herum. Sie hatten gar nicht mitbekommen, dass Bernhard Blocksberg zur Wohnungstür hereingekommen war. Jetzt stand er plötzlich im Wohnzimmer und schaute streng. Fridolin hatte sich bei der fremden Stimme so erschrocken, dass er aus seinem Glas mit einem Satz auf Bibis Schulter gesprungen war. Er schmiegte sich ängstlich an ihre Wange.

„Na, das siehst du doch, Papi. Fridolin ist ein Frosch."

„Genau!", pflichtete Barbara Blocksberg ihrer Tochter bei. „Unser Wetterfrosch."

„Wetterfrosch, soso." Herr Blocksberg trat näher und blickte Fridolin über den Rand seiner Brille neugierig an. „Ein Frosch mit einem Ring am Bein? Ein Frosch ist kein Wellensittich. Bibi, du hast jemanden verhext!

Gib es zu, aber lüg mich ja nicht an. Also, wer ist es? Der Briefträger? Der Bürgermeister?“

Bernhard Blocksberg deutete eine leichte Verbeugung an und sagte höflich zu Fridolin: „Entschuldigen Sie bitte diesen dummen Streich, aber ich kann leider nicht immer auf meine beiden Hexen aufpassen.“

Fridolin zog den Kopf ein, als der fremde Mann mit der großen Brille ihm zu nahe kam. Er holte tief Luft – und mit einem Riesensatz sprang er auf den Wohnzimmerschrank. Hier war er hoffentlich in Sicherheit!

Bibi und ihre Mutter blickten sich an und prusteten wie auf Kommando laut los.

„Aber Bernhard“, meinte Frau

Blocksberg, „du musst nicht immer gleich das Schlimmste denken. Bibi hat niemanden verhext, das ist wirklich ein Frosch. Ein richtiger Wetterfrosch. Bibi und Marita haben ihn auf dem Schulhof gefunden."

„Soso." Herr Blocksberg beruhigte sich wieder. „Das mit dem Wetter vorhersagen können, das soll ja angeblich stimmen. Frösche spüren, wenn sich das Wetter ändert. Das hängt irgendwie mit dem Luftdruck zusammen."

„Ich weiß, Papi", sagte Bibi eifrig. „Sitzen sie oben auf der Leiter, dann wird das Wetter schön, und wenn sie unten hocken, dann gibt es Regen. Stell dir vor, Frau Kolumna hat ihn sogar zum offiziellen Wetterfrosch der

Neustädter Zeitung ernannt. Sie will jetzt jeden Tag anrufen und fragen, wie das Wetter wird.“

Nun lachte Herr Blocksberg laut los. „Nicht schlecht! So gut wie die Leute von der Neustädter Wetterstation ist so ein Frosch allemal. Einen größeren Schwachsinn wie die kann nicht mal ein Frosch verzapfen. Mit Fridolin könnte man ihnen direkt eins auswischen.“

„Heißt das, ich darf Fridolin behalten?“, fragte Bibi aufgeregt.

Ihr Vater nickte und seine Hexentochter fiel ihm stürmisch um den Hals.

Da klingelte das Telefon. Bibi hob ab. Kaum hatte sie ihren Namen gesagt, da tönte auch schon eine wohlbekannte Stimme aus dem Hörer. Es war Karla Kolumna, die rasende Reporterin!

„Hallöchen! Hallöchen! Na, Kindchen, wie geht es denn unserem verzauberten Wetterprinzen? Was macht er gerade? Wo sitzt er denn?“

Bibi blickte zum Wohnzimmerschrank hinauf und überlegte, was sie sagen sollte.

„Nun ja, er sitzt … äh …“

„Ja, was denn nun?“ Karla Kolumna hielt sich nicht lange mit Vorreden auf, bei ihr musste alles schnell gehen. „Sitzt er unten oder sitzt er oben?“

Tja … Bibi zuckte hilflos mit den Schultern. Was sollte sie sagen? Da kam ihr Fridolin zu Hilfe. Er schloss kurz die Augen, machte sie wieder auf und sagte laut und deutlich: „Quak!" Das hieß wohl so viel wie ...

„Oben!", antwortete Bibi mit fester Stimme. „Er sitzt ziemlich weit oben."

„Das ist ja wunderbar!", jubelte Karla Kolumna am anderen Ende der Leitung. „Dann scheint also morgen die Sonne. Hach, Kindchen! Da werden sich unsere Leser aber freuen. Grüß deinen Fridolin von mir, Bibi! Tschüsselchen! Tschühüß!"

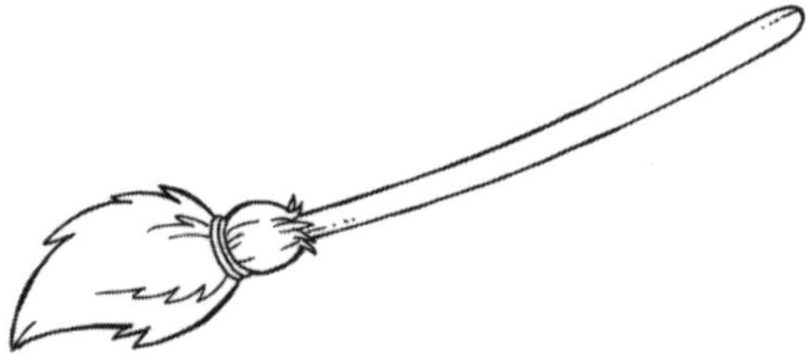

Neuigkeiten aus der Zeitung

Am nächsten Tag konnte es die Familie Blocksberg kaum erwarten, bis die neue Ausgabe der *Neustädter Zeitung* im Briefkasten lag. Wie immer las Bibis Vater sie beim Frühstücken. Natürlich suchte er als Erstes den Wetterbericht für heute. Er blätterte die Zeitung schnell durch und fand auf der vorletzten Seite rechts oben für alle Leser groß und sichtbar FRIDOLINS WETTERECKE. Unter der Überschrift war ein Bild von Fridolin abgebildet und darunter stand die Wettervorhersage: Sonnig. 26 Grad.

Bernhard Blocksberg schaute von seiner Lektüre auf und blickte zum Fenster hinaus. Er nickte zufrieden, denn die Sonne schien von einem strahlend blauen Himmel.

„Ausgezeichnet!“, meinte er. „Das war gute Arbeit von Fridolin. Da hat er sich ein extra Würmchen verdient.“

Würmchen? Bibi und ihre Mutter blickten sich an und schmunzelten, dann kicherten sie wie auf Kommando los.

„Was ist denn? Warum seid ihr so albern?“

„Ich glaube, unser Fridolin mag heute früh gar keine Würmchen“, meinte Bibi und lachte über das ganze Gesicht.“

„Aber wieso denn nicht?“

„Weil ihm dein Müsli viel besser schmeckt!“, antwortete seine Frau und deutete auf den Esstisch. Da hockte der dicke Fridolin ganz gemütlich in Herrn Blocksbergs Müslischale. Er tauchte seine Froschfinger in den Müslibrei und schleckte sie genüsslich ab. Dann hüpfte er von der Schale zu Herrn Blocksberg und nahm auf der Zeitung Platz.

Bibi beugte sich zu ihrem Vater hinüber und hob Fridolin vorsichtig von der Zeitung hoch. Dabei fiel ihr Blick zufällig auf eine Anzeige, die ganz unten auf der Wettereckenseite stand.

„Oh, nein! Bitte nicht!“, entfuhr es ihr.

„Was ist denn, Schätzchen?“, fragte

ihre Mutter besorgt. Bibi reichte ihr die Zeitung und Barbara Blocksberg überflog den Text.

„Frosch entsprungen“, las sie halblaut. „Besonderes Merkmal: Ring am rechten Hinterbein. Hört auf den Namen ‚Fritz‘.“

Herr Blocksberg war neugierig geworden und studierte ebenfalls die Anzeige.

„Hinweise erbeten an Professor Hagelkorn, Beerenstraße 3. Sieh an. Interessant. Interessant!“

„Mein Frosch heißt aber ‚Fridolin‘ und nicht ‚Fritz‘!“, protestierte Bibi. „Das ist mein Frosch und den gebe ich nicht her! Nicht wahr, Fridolin?“

Sie streichelte ihren Frosch zärtlich und flüsterte ihm ins Ohr: „Du bleibst bei mir! Du bist das Einzige, was ich habe!“

„Jetzt übertreibst du aber, Bibi“, meinte ihre Mutter. „Sieh mal, das Kind von dem Professor ist bestimmt sehr traurig, weil ihm sein kleiner Spielgefährte weggelaufen ist. Du musst ihn zurückbringen!“

„Nein! Außerdem wird er sicher ganz falsch ernährt, mein lieber, süßer Fridolin!“, behauptete Bibi.

Sie wischte mit einem Finger Papis Müslischale leer und hielt ihn dem Frosch unter die Nase. Fridolin schloss genießerisch die Augen und leckte gierig den Finger sauber.

„Seht ihr, was habe ich gesagt? Er wird falsch ernährt. Bestimmt kriegt er bei diesem Professor niemals Müsli

und bestimmt hat der Professor auch keine Kinder.“

Bibi war fest entschlossen, ihren Fridolin zu behalten. Aber nun war die Suchanzeige in der Zeitung erschienen und sicherlich hatten sie auch andere gelesen. Ihre Freundin Marita zum Beispiel und einige Kinder in der Klasse. Und natürlich auch Frau Kolumna.

Bevor die nun auf die Anzeige reagierte, war es wohl besser, Bibi würde den Professor besuchen. Sie setzte Fridolin vorsichtig in sein Glas zurück, streichelte ihm zärtlich über den Kopf und holte dann ihren Besen.

„Ich werde mir jetzt erst einmal anschauen, was dieser Professor Hagelkorn für einer ist. Bestimmt hat es mein *Fridolin*“, sie betonte extra den Namen, den der Frosch von ihr erhalten hatte, „gar nicht gut bei ihm gehabt. Sonst wäre er ja nicht weggelaufen!“

Sodann nahm sie auf Kartoffelbrei Platz und flog in Richtung Beerenstraße davon. Sie kannte die Gegend zwar nicht gut, aber sie würde schon hinfinden zu dem Professor.

Der unglückliche Professor

Die Beerenstraße lag in einer ruhigen Gegend von Neustadt. Die großen, alten Häuser standen weit auseinander und zu der Straße hin waren hohe Hecken. Die Hausnummer 3 war kaum lesbar, ebenso das alte, halb verwitterte Schild mit der Aufschrift

WETTERSTATION

Die Gartentür war nicht verschlossen und hing halb aus den Angeln. Bibi machte sie auf und betrat das Grundstück. Da hörte sie aus einiger Entfernung eine männliche Stimme, die langsam näher kam. Bibi duckte sich hinter einen Busch. Sie wollte nicht gesehen werden. Jetzt noch nicht.

Die Stimme gehörte zu einem alten Herrn in einem weißen Kittel. Er kroch auf allen vieren auf der Erde herum, schob Grasbüschel zur Seite, schaute unter die Büsche und unter Steine. Dabei redete er mit sich selbst und rief immer wieder einen Namen.

„Fritz! Fritzchen! Fröschli! Wo bist du denn? Wo hast du dich versteckt? Komm doch raus! Komm zu Herrchen! Wie soll ich denn ohne dich das Wetter richtig vorhersagen?"

Doch seine Suche blieb natürlich erfolglos, denn der Frosch war ja in der Wohnung der Familie Blocksberg. Schließlich gab er auf und setzte sich neben dem Haus auf einen Stein.

Bibi bekam richtig Mitleid mit dem armen Mann. Ob das wohl der Professor war? Sie warf einen Blick auf den Briefkasten neben dem Eingang. FRIEDERICH HAGELKORN stand da. F und H. Das waren die Buchstaben, die in Fridolins Ring eingraviert waren. Das war der Beweis. Fridolin war Fritzchen!

Bibi richtete sich in ihrem Versteck auf und ging zögernd auf den alten Mann zu. Er bemerkte sie erst, als das Mädchen mit dem blonden Pferdeschwanz vor ihm stand.

„Nanu, was machst du denn hier, mein Kind?“, fragte der Professor erstaunt.

„Ich … äh … ich hab ihn … äh …“, druckste Bibi herum. Dann fasste sie

sich ein Herz und sagte mit fester Stimme: „Ich habe ihn, Ihren Fridolin. Ich meine, Ihren Fritz. Ich habe ihn gefunden."

Der Professor sprang auf und packte Bibi bei den Armen.

„Wo? Wo ist er?", fragte er aufgeregt.

„Bei uns zu Hause. Es geht ihm gut und Sie können ihn wiederhaben."

Der Professor war überglücklich. Er notierte sich Bibis Adresse und versprach noch am selben Tag vorbeizukommen und Fritz abzuholen. Dann machte sich Bibi schnell wieder auf den Heimweg um ihrer Mutter die Neuigkeiten mitzuteilen. Barbara Blocksberg war gerade im Garten und hängte Wäsche auf, als Bibi atemlos angerannt kam.

„Huhuuuu! Mami!“, rief sie schon von weitem. „Rate mal, wo unser Wetterfrosch zu Hause ist?“

Ihre Mutter schaute fragend.

„In der Wetterstation bei Professor Hagelkorn. Fridolin ist wirklich Fritz! Der Professor ist ein ganz lieber alter Herr, Fridolin hat es bestimmt gut bei ihm. Er kommt nachher und nimmt seinen Fritz wieder mit heim. Wo ist er eigentlich?“

„Keine Ahnung.“ Frau Blocksberg zuckte mit den Schultern. „Hoffentlich sitzt er nicht auf meinem frisch gebackenen Kuchen.“

Bibi lief ins Haus um Fritz-Fridolin die Neuigkeit zu überbringen. Aber kein Fritz war zu sehen. In seinem Glas saß er nicht, zwischen den

Zimmerpflanzen hockte er nicht und unter dem Sofa und dem Schrank war er auch nicht. Vielleicht aber war er ja ins Badezimmer gehüpft, saß in der Badewanne und konnte allein nicht mehr heraus?

Bibi lief zum Badezimmer und riss die Tür auf. Aber da war kein Fridolin, da war Papi!

Herr Blocksberg nahm gerade ein Vollbad und war im Gesicht und auf den Haaren mit Schaum bedeckt. Auf dem Wasser schwamm seine Lieblings-Gummi-Ente. Er erschrak furchtbar, als seine Tochter hereingestürmt kam.

„Tür zu!“, rief er erbost. „Was ist los? Warum klopfst du nicht an?“

„Er ist weg!“, stieß Bibi hervor. „Fridolin ist verschwunden!“

Herr Blocksberg tastete mit den Händen im Badewasser herum und sagte dann: „Hier ist er nicht, tut mir Leid!“

Bibi machte auf dem Absatz kehrt und lief wieder hinaus.

„Tür zu!“, rief der Vater ihr nach, aber das hatte sie schon nicht mehr gehört. Im Wohnzimmer warf sie sich auf das Sofa und weinte bitterlich.

„Ach, mein Fridolin!“, schluchzte sie. „Wo bist du nur? Gleich kommt dein Herrchen und ich wollte doch vorher noch ein bisschen mit dir kuscheln!“

Herr Bürgermeister regt sich auf

Bürgermeister Dr. Dr. Pressak hatte den Ärger des gestrigen Tages vergessen. Frau Kolumna und ihr Artikel über das Denkmal waren unwichtig geworden, denn heute sollte der Bürgermeister seinen neuen Dienstwagen erhalten.

Schließlich war es soweit. Herr Pressak schritt zur Tür des Rathauses heraus und strahlte bei dem Anblick, der sich ihm bot. Sein Sekretär Pichler stand neben einem todschicken, funkelnagelneuen Sportwagen. Das

Verdeck war geöffnet und Pichler hielt die hintere Tür auf.

„Darf ich zur Probefahrt bitten, Bürgermeister-Chef?“, fragte er untertänig. Der Bürgermeister nickte huldvoll, schritt die Treppe herab und nahm auf der weichen Rückbank Platz. Er zündete sich eine von seinen dicken Lieblingszigarren an und blies genüsslich den Rauch in die Luft.

„Na, Pichler, ist das ein Wägelchen?“, rief er stolz. „Da hüpft einem doch richtig das Herz vor Freude. Jeder Zentimeter ist sein Steuergeld wert. Meine Bürger werden stolz auf mich sein und mir zujubeln, wenn ich ihnen aus diesem Cabrio zuwinke.“

Pichler fuhr los. Der Bürgermeister beugte sich vor und schaltete einen

Fernseher ein, der in der Rückenlehne des Beifahrersitzes eingelassen war. Gerade kündigte der Ansager eine Sendung an.

„Liebe Zuschauer! Sehen Sie nun einen Kommentar von unserer Mitarbeiterin Karla Kolumna zum Thema ‚Verschwendung von Steuergeldern'."

Als der Name der Reporterin fiel, zuckte der Bürgermeister zusammen. Warum ließ diese Nervensäge ihn denn niemals in Ruhe?

„Hallöchen, liebe Freunde!", begann Frau Kolumna. „Es ist einfach ein Skandal, was sich in unserem Städtchen tut. Unser Bürgermeister kauft sich schon wieder einen luxuriösen Dienstwagen, während die Neustädter Wetterstation mit Geräten aus dem vorigen Jahrhundert arbeiten muss. Und gerade das Wetter, meine Freunde, ist doch etwas, das jeden Bürger interessiert."

Der Bürgermeister lief rot an, er platzte fast vor Zorn. Warum musste diese Frau immer auf ihm herumhacken? Bestimmt hatten eine Menge Wähler den Fernsehkommentar gesehen, deshalb war es bestimmt besser, wenn er sein schönes, neues Cabrio eine Weile in der Garage stehen ließ.

„Umdrehen, Pichler! Sofort zurück zum Rathaus!", befahl er. „Ich steige um! Holen Sie die Rikscha aus dem Keller! "

Pichler tat, was ihm gesagt wurde, obwohl er gar nicht davon begeistert war, seinen Chef in einem zweirädrigen Wägelchen durch die Stadt zu ziehen. Dem Bürgermeister machte es jedoch überhaupt nichts aus, dass der arme Pichler schwitzte. Er hatte es sich in der Rikscha sehr bequem gemacht und feuerte seinen Sekretär an.

„Schneller, Pichler! Schneller! Bloß keine Müdigkeit vorschützen! Meine Wähler sollen sehen, wie bescheiden ich bin. So ein Arme-Leute-Gefährt kommt bei den Bürgern der Stadt bestimmt gut an!"

„Ja, Chef! Zu Befehl, Chef!", stieß Pichler atemlos hervor und legte sich ins Zeug. „Wo soll es denn hingehen, Bürgermeister-Chef?"

„Na, zu den Blocksbergs, Pichler! Ich habe beschlossen, diesen Wetterfrosch in den Staatsdienst zu übernehmen. Der ist doch viel billiger als neue, teure Geräte für den Professor, oder nicht?“

Der Bürgermeister lachte zufrieden vor sich hin. Das war wieder einmal eine brillante Idee, das mit dem Wetterfrosch. Ja, Dr. Dr. Pressak war eben ein kleines Genie!

Volles Haus bei Blocksbergs

Bibi trauerte immer noch um ihren Fridolin. Ihre Mutter versuchte sie zu trösten, so gut es ging.

„Irgendwo muss er doch sein, Schätzchen", meinte sie. „Er wird schon nicht davongehüpft sein."

„Aber was sollen wir dem Professor sagen, wenn er kommt um Fridolin zu holen?", fragte Bibi ratlos. In diesem Moment klingelte es an der Haustür. Frau Blocksberg ging öffnen – und da stand er auch schon: der Wetterprofessor Friederich Hagelkorn höchstpersönlich.

„Guten Tag, gnädige Frau!“, sagte er höflich. „Verzeihen Sie, wenn ich störe. Mein Name ist …“

„Hagelkorn, nehme ich an! Ich habe schon viel von Ihnen gehört, Herr Professor. Bitte treten Sie doch näher. Sie kommen bestimmt wegen des Frosches, nicht wahr?“

„So ist es!“ Herr Hagelkorn nickte eifrig mit dem Kopf. „Ach, da ist ja auch das Fräulein Tochter! Sehr erfreut, dich zu sehen, mein Kind. Na, wo ist denn nun der kleine Ausreißer?“

Bibi druckste erst ein wenig herum, dann aber rückte sie mit der Wahrheit heraus.

„Es tut mir schrecklich Leid, aber er ist schon wieder mal verschwunden!“

Verschwunden! Der Professor raufte

sich verzweifelt die Haare. Er brauchte doch sein Fritzchen so dringend für die Wettervorhersage. Auch Bibi war ganz geknickt. Wenn jetzt auch noch Karla Kolumna anriefe, um nach dem Wetter für morgen zu fragen, was sollte sie ihr dann sagen?

Prompt klingelte in dem Moment das Telefon. Frau Blocksberg hob ab. Und wie sollte es anders sein: Die rasende Reporterin war am anderen Ende der Leitung. Bibis Mutter hielt die Hand über die Sprechmuschel und flüsterte ihrer Tochter zu: „Frau Kolumna ist dran. Sie will die Wettervorhersage für morgen haben. Sie hat nicht viel Zeit, sagt sie. Was sollen wir jetzt machen?"

Bibi überlegte kurz, dann tat sie

etwas ganz Verrücktes. Sie blickte dem Professor fest in die Augen, streckte ihre Hände vor und sagte einen Hexspruch: *„Eene meene Trampolin, Professor ist jetzt Fridolin! Hex-hex!*“

Frau Blocksberg verschlug es fast die Sprache! Da saß doch tatsächlich ein kleiner, dünner Frosch auf dem Fußboden und blickte ganz verdutzt drein. Bibi nahm ihn vorsichtig hoch und trug ihn zu dem Glas mit der Leiter, das auf dem Fensterbrett stand. Augenblicklich begann er die Leiter hochzukrabbeln. Bibi freute sich über das gelungene Hexkunststück. Sie ließ sich von ihrer Mutter den Telefonhörer reichen und sprach hinein.

„Hallo, Frau Kolumna! Schreiben Sie: Der Fachfrosch verspricht für morgen Hochdruck mit Sonnenschein. Höchsttemperatur 28 Grad. Tschü-üs!“

Ihre Mutter war gar nicht begeistert von dem, was Bibi gerade gemacht hatte.

„Bist du denn von allen guten Geistern verlassen?“, schimpfte sie. „Bring das sofort wieder in Ordnung, hörst du?“

„Na klar, Mami!“, versprach Bibi. „Sei nicht böse, es war doch ein Notfall. Du sagst doch selber immer, im Notfall darf man …“

Da klingelte es zum zweiten Mal an der Tür. Frau Blocksberg verdrehte die Augen. Heute ging es hier ja zu wie in einem Taubenschlag!

Bevor sie ihre Tochter zurückhalten

konnte, war die bereits zur Tür gesaust. Bibi öffnete – und zuckte zurück. Draußen stand ein dicker Mann mit einem Zylinder auf dem Kopf, den sie nur zu gut kannte. Der Herr Bürgermeister höchstpersönlich!

„Einen schönen guten Tag allerseits", sage er übertrieben freundlich und nahm den Hut ab. „Ich hoffe, ich störe nicht, aber ich möchte mal gern einen Blick auf den klugen Wetterfrosch werfen, wenn es erlaubt ist."

„Guten Tag, Herr Bürgermeister!" Frau Blocksberg kam zur Tür. „Ja, der Frosch … nun, wissen Sie …"

„Treten Sie doch näher!", meinte Bibi fröhlich und führte den Besucher ins Wohnzimmer. „Da drüben in dem Glas sitzt er."

Als der verhexte Professor-Frosch den Bürgermeister sah, stieß er ein klägliches Quaken aus.

„Wahrhaftig! Ein echter Wetterfrosch!“ Dr. Pressak war begeistert. „Ein sehr possierliches Tierchen, wirklich. Ganz obenauf, wie man sieht!“

„Tja, nun haben sie ihn ja gesehen, Herr Bürgermeister“, versuchte Frau Blocksberg das Gespräch zu beenden, „aber Sie müssen uns jetzt bitte entschuldigen. Wir sind im Augenblick sehr beschäftigt und ...“

„Verstehe, verstehe, meine liebe Frau Blocksberg!“ Der Bürgermeister lächelte gekünstelt. „Ich bin heute auch furchtbar im Stress. Ich muss nämlich eine sehr schwerwiegende Entscheidung treffen. Soll ich der

Neustädter Wetterstation nun neue Instrumente bewilligen oder tut es vielleicht auch so ein possierliches Tierchen? Wissen Sie, der Professor ist gerade nicht in seinem Labor und ich würde doch gern seine Meinung zu dem Thema hören."

Bibi merkte sofort, was der Bürgermeister im Schilde führte. Jetzt war die Gelegenheit da, ihm einen tollen Streich zu spielen.

„Dann sprechen Sie doch am besten gleich mit ihm", schlug sie vor und kicherte vergnügt in sich hinein. „Sozusagen von Frosch zu Frosch!"

Bevor ihre Mutter sie zurückhalten, konnte, fing Bibi an zu hexen: *„Eene meene rein ins Glas, noch ein Frosch, erzählt euch was! Hex-hex!"*

Da saßen sie nun zu zweit in dem großen Glas und quakten angeregt miteinander. Bibi fand die beiden richtig possierlich, den dicken Bürgermeisterfrosch und den dünnen Professorfrosch. Ihre Mami aber konnte gar nicht darüber lachen.

„Sehr komisch, Bibi! Wirklich, sehr komisch! Ich glaube, mit einem Rückhexspruch ist es hier nicht getan. Da ist ein sehr deutlicher Vergessensspruch fällig."

Doch dazu kam es nicht mehr. Mit zwei kräftigen Sätzen hüpften die beiden Frösche aus dem Glas und durchquerten das Wohnzimmer. Der Dünne vorneweg und der Dicke hinterher, geradewegs auf das Badezimmer zu. Das Dumme war nur,

dass Herr Blocksberg immer noch in der Badewanne lag und die Tür einen Spalt offen stand.

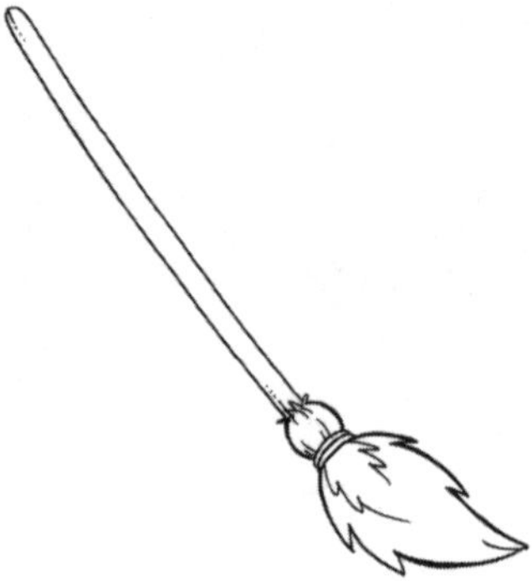

Drei Männer in der Badewanne

Frau Blocksberg ahnte Schreckliches. „Bibi! Wenn die Frösche in die Badewanne springen, gibt es eine Katastrophe! Sobald sie mit dem warmen Wasser in Berührung kommen, wird dein Hexspruch aufgehoben."

„Echt?" Bibi bekam es mit der Angst zu tun. „Dann hex' ich mich lieber gleich unsichtbar oder verkrieche mich in meinem Bett."

Sie wollte gerade für einen passenden Hexspruch tief Luft holen, aber ihre Mutter hielt ihr den Mund zu.

„Nichts da! Bibi, hier wird nicht

gekniffen! Das stehen wir jetzt gemeinsam durch. Du und ich."

In dem Moment hörte man aus dem Badezimmer zwei laute Platscher. Dann stieß Herr Blocksberg einen Schrei aus, der nicht zu überhören war.

„Hilfeee! Barbaraaa! Bibiiii! Ein Frosch! Neiiin! Ich sehe alles doppelt, es sind zwei Frösche!"

Ein paar Sekunden lang herrschte tiefes Schweigen im Wohnzimmer. Dann sagte Frau Blocksberg in die Stille hinein: „Jetzt ist es passiert. Sie sitzen bei Papi in der Wanne."

„Du meine Güte!", flüsterte Bibi tonlos. „Mami, ich geh' da nicht rein."

„Ich auch nicht."

Schade. Barbara und Bibi Blocksberg hätten sich bestimmt gekringelt vor

Lachen bei dem Anblick. Drei nackte Männer saßen bis zum Bauch im Badeschaum und starrten einander verblüfft an.

„Wer sind Sie denn, wenn ich fragen darf?“, eröffnete Bernhard Blocksberg das Gespräch.

„Gestatten, Friederich Hagelkorn!“ Der Professor nickte leicht mit dem Kopf. „Ich weiß auch nicht, wie das passiert ist. Das Ganze ist mir sehr peinlich. Aber wenn ich schon mal da bin … würden Sie mir mal bitte die Seife rüberreichen?“

„Was? Wie? Welche Seife?“ Herr Blocksberg war völlig durcheinander. „Ach so, ja, hier bitte. Aber die Quietsche-Ente kriegen Sie nicht!“

„Könnte ich dann vielleicht ein

bisschen mit der Ente spielen?“, fragte der andere Mann schüchtern. „Zu Hause darf ich das nicht. Meine Frau sagt, das schickt sich nicht für das Oberhaupt der Stadt.“

Bernhard Bocksberg kniff die Augen ein wenig zusammen. Sah er richtig? War das nicht … ? Doch, er war es!

„Aber Herr Bürgermeister! Ohne Zylinder hätte ich Sie ja fast nicht erkannt. Was tun denn Sie in meiner Badewanne? Ich wüsste nicht, dass ich Sie eingeladen habe.“

„Ach, bleiben Sie doch da“, sagte der Professor und rückte ein Stück zur Seite. „Wenn wir uns dünn machen, haben wir alle drei hier drin Platz. Übrigens, darf ich auch mal die Ente haben?“

„Nein, dürfen Sie nicht!“, meinte der Bürgermeister bockig. „Damit spiele ich jetzt gerade!“

„Das ist wieder mal typisch für Sie!“, schimpfte Herr Hagelkorn. „Immer wollen Sie bevorzugt werden. Ich kriege keine Quietsche-Ente und keine modernen Geräte! Jetzt bin ich aber beleidigt. Ich trockne mich jetzt ab und gehe nach Hause!“

„Aber mein lieber Herr Professor!“ Der Bürgermeister war plötzlich die Liebenswürdigkeit in Person. „Bleiben Sie doch noch ein Weilchen und hören Sie sich an, was ich zu sagen habe. Wir werden Ihre Wetterstation hochmodern ausrüsten, damit Sie sich bei Ihren Wettervorhersagen nicht mehr blamieren müssen.“

„Bravo, Herr Bürgermeister!“, freute sich Bibis Vater. „Das ist ganz in meinem Sinne. Ich habe übrigens noch mehr Spielsachen für die Badewanne. Sie müssen sich nicht darum streiten. Wer möchte ein Schiff, wer möchte einen aufblasbaren Fisch? Ein U-Boot ist auch noch da und ...“

Wenig später tobten und planschten die drei Männer um die Wette, bewarfen sich gegenseitig mit Badeschaum und setzten das ganze Badezimmer unter Wasser.

Bibi und ihre Mutter, die die ganze Zeit über vor der Tür gelauscht hatten, atmeten erleichtert auf, als sich die Stimmung im Bad besserte. Als die drei Männer schließlich kicherten und alberten wie drei Schuljungen, hielten sie es vor lauter Neugierde nicht mehr aus. Sie mussten einfach durch den Türspalt linsen.

Der Herr Buchhalter Bernhard Blocksberg, der Herr Professor Friederich Hagelkorn und der Herr Bürgermeister Dr. Dr. Bruno Pressak ließen sich dadurch nicht im Geringsten stören. Sie winkten den beiden Damen nur freundlich zu und planschten vergnügt weiter.

Dann gesellte sich ein viertes männliches Wesen zu den badenden Männern. Mit lautem „Quak-quak!“ kam es durch den Flur gehüpft, nahm alle seine Kraft zusammen und sprang in das Badewasser.

„Fritzchen! Mein Fritz! Da bist du ja!“ Der Professor riss die Arme hoch.

„Ach, du mein Herzblättchen! Mein Grünröckchen! Mein Fröschli! Komm zu Herrchen!"

Endlich waren sie wieder vereint, Porfessor Friederich Hagelkorn und sein Wetterfrosch Fritz. Doch Bibi wurde ein wenig traurig ums Herz. Durfte sie jetzt ihren lieben Fridolin nie mehr wiedersehen?

Der Professor sah Bibis betrübte Miene.

„Keine Angst, mein Kind", sagte er fröhlich. „Du hast mir mein Fritzchen zurückgebracht und darfst ihn von heute an sooft du willst besuchen. Wir würden uns sehr freuen, nicht wahr, Fritz?"

Als ob er jedes Wort verstanden hätte, blies der Wetterfrosch seine

Backen auf, blinzelte der kleinen Hexe zu und machte ganz laut: „Quak! Quak! Quaaak!“

Das hieß soviel wie: „Aber ja, kleine Hexe Bibi Blocksberg!“

Tschüss! Bis zum nächsten Mal!

Bibi Blocksberg™

Theo Schwartz

Hexen gibt es doch (Band 1)
Der Hexengeburtstag (Band 2)
Der Wetterfrosch (Band 3)
Bibi und das Dino-Ei (Band 4)
Wo ist Kartoffelbrei? (Band 5)
Bibi im Orient (Band 6)
Die neue Schule (Band 7)
Das Wettfliegen (Band 8)
3 x schwarzer Kater (Band 9)
Das feuerrote Nashorn (Band 10)
Der Superhexspruch (Band 11)
Bibi als Prinzessin (Band 12)
Bibi und die Vampire (Band 13)
Bibi und die Piraten (Band 14)
Das gestohlene Hexenkraut (Band 15)
Die Hexenschule (Band 16)
Freitag, der 13. (Band 17)
Die neue Lehrerin (Band 18)
Schubia dreht durch (Band 19)
Bibi im Hexeninternat (Band 20)
Bibi verliebt sich (Band 21)
Der Brieffreund (Band 22)
Das Schmusekätzchen (Band 23)
Mami in Not (Band 24)
Hexspruch mit Folgen (Band 25)
Die Klassenreise (Band 26)

Jeder Band hat 128 Seiten, ab 8 Jahre

Schneider Buch
EGMONT